屈賦流韻

文懷沙 著

人民东方出版传媒
東方出版社

图书在版编目（CIP）数据

屈赋流韵 / 文怀沙 著. —北京：东方出版社，2015. 7
ISBN 978-7-5060-8351-5

Ⅰ. ①屈… Ⅱ. ①文… Ⅲ. ①楚辞研究 Ⅳ. ①I207. 22

中国版本图书馆 CIP 数据核字（2015）第 174236 号

屈赋流韵
（QUFU LIUYUN）

著　　者： 文怀沙
责任编辑： 王　艳　李文彧
出　　版： 东方出版社
发　　行： 人民东方出版传媒有限公司
地　　址： 北京市东城区朝阳门内大街 166 号
邮政编码： 100706
印　　刷： 北京市大兴县新魏印刷厂
版　　次： 2015 年 11 月第 1 版
印　　次： 2015 年 11 月第 1 次印刷
开　　本： 710 毫米 × 1000 毫米　1/16
印　　张： 23
字　　数： 106 千字
书　　号： ISBN 978-7-5060-8351-5
定　　价： 49. 80 元
发行电话：（010）64258117　64258115　64258112

文怀沙 名奫，字怀沙，以字行，斋名燕堂，号燕叟。1910年生于北京，祖籍湖南。

治学以研究《楚辞》称世，创立宝学、东方美声学，对经史百家、历代诗词歌赋、佛学、医学、红学、音乐、戏剧、金石书画等也广有涉猎。其诗文书法皆为世所重，在学林享有盛誉。

主编的书籍有：《中国古典文学研究丛刊》《四部文明》（《商周文明》《秦汉文明》《魏晋南北朝文明》《隋唐文明》）。

主要著作有：《鲁迅旧诗新诠》《屈原〈九歌〉今绎》《屈原〈离骚〉今绎》《屈原〈九章〉今绎》《屈原集》《屈原〈招魂〉今绎》《中华根与本》《文怀沙序跋集》《文怀沙书法集》《正清和：文怀沙爨余文萃》等。

抱石懷沙事可傳千秋餘意
尚嗟皇帝文憂樂關天下英但
放時作國殤

右三十四年三月十五日在渝州沙坪壩作

懷沙女史 三十六年二月二日

尹默寫於海上

抱石怀沙事可伤，千秋余意尚旁皇。

希文忧乐关天下，莫但哀时作国殇。

右三十四年三月十五日在渝州沙坪坝赠怀沙句也。三十六年二月二日，

亚子重写于海上。

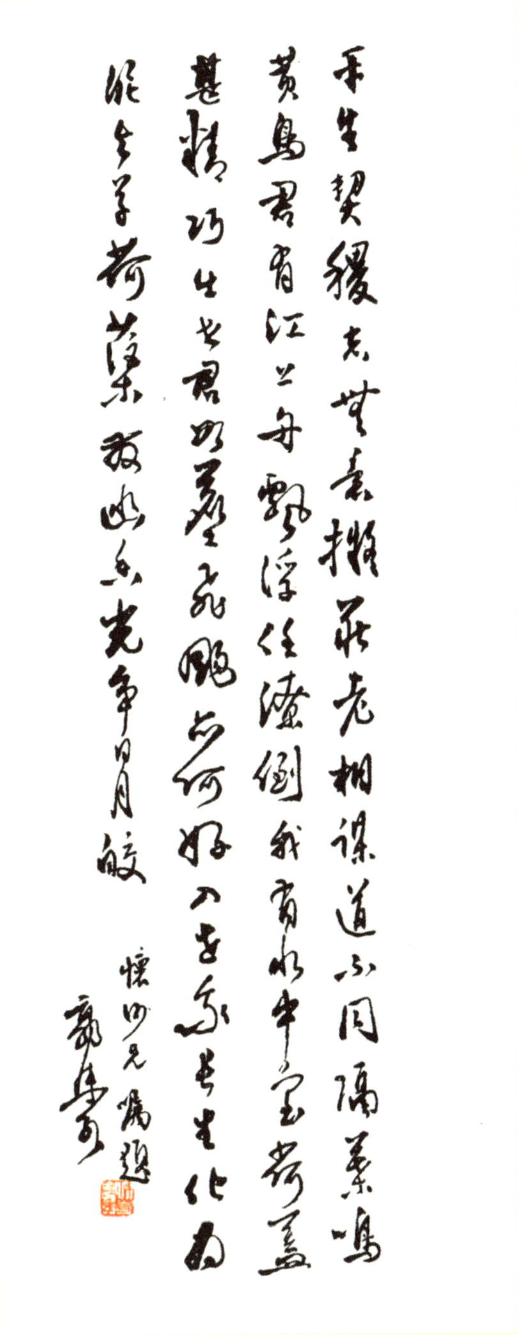

平生契稷志，无意拟庄老。
相谋道不同，隔叶鸣黄鸟。
君有江上舟，飘浮任潦倒。
我有水中室，荷盖甚精巧。
出世君如尘，飞扬亦何好。
入世我长生，化为泥与草。
荷蕖发幽香，光争日月皎。

怀沙兄嘱题

郭沫若

美人芳草此語尋常都解道爭比
靈均文彩昭然歷劫新　蛟龍不起
汨水至今清且漪故事雖忘五月南
風粽葉香

懷沙九歌為離騷今譯題詞輒成減字
木蘭花一闋　廣教

一千九百五十三年五月　千然

美人芳草，此语寻常都解道。争比
灵均，文彩昭然历劫新。
蛟龙不起，汨水至今清且弥， 故事
难忘，五月南风粽箬香。

怀沙兄属为《离骚今绎》题词，
辄成《减字木兰花》一阕应教
一千九百五十三年五月　尹默

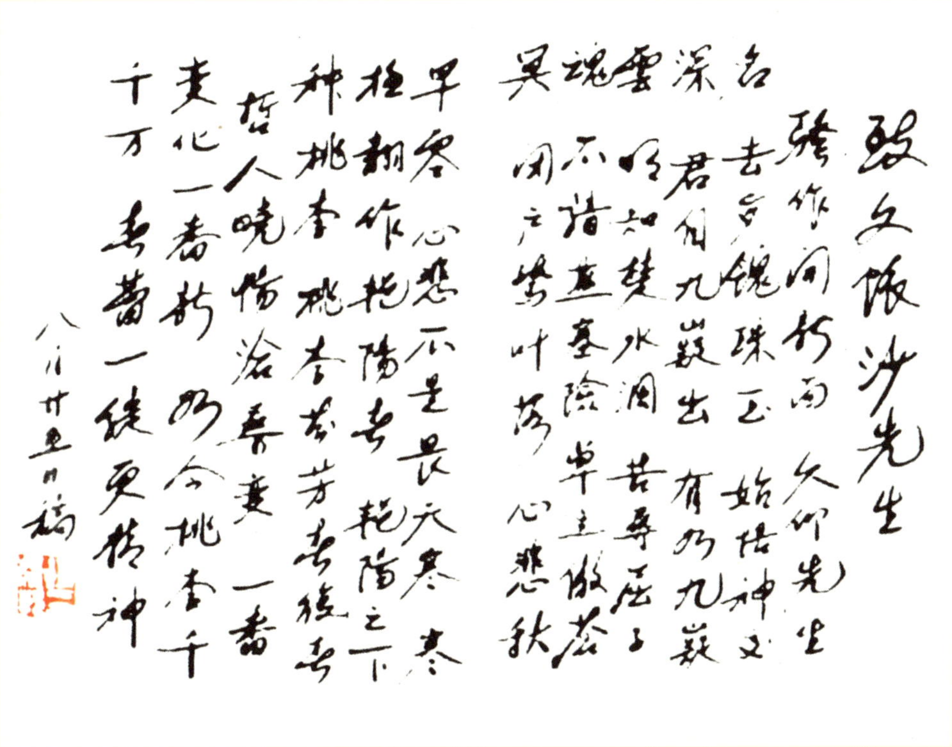
致文怀沙先生

致文怀沙先生

骚作开新面，久仰先生名。
去岁馈珠玉，始悟神交深。
君自九嶷出，有如九嶷云。
明知楚水阔，苦寻屈子魂。
不谙燕塞险，卓立傲苍冥。
闭户惊叶落，心悲秋早零。
心悲不是畏天寒，寒极翻作艳阳春。
艳阳之下种桃李，桃李芬芳春复春。
哲人晓畅沧桑变，一番变化一番新。
如今桃李千千万，春蕾一绽更精神。

八月二十五日稿 胡耀邦

宋詞寫絕處善經書
來何幸詞騷音歸程已
渡沙岸詠猶多識情一
往懷 自題新版歷騷流韻

乙亥春 燕宴 文懷沙

宋谤窥邻屈善淫，
老夫何幸嗣骚音。
归程已渡沙千劫，
犹有微情一往深。

自题新版《屈骚流韵》

乙酉春燕叟文怀沙

编者告白

中西出版社，莫不以“文库”或“丛书”为立社之基。如吾国“四部丛刊”之于商务印书馆，“四部备要”之于中华书局，而西洋则有“企鹅文库”、“世界文库”、“七星文库”等等，日本亦有“岩波文库”，皆个中翘楚，风行一时。观今鉴古，藏往知来，故吾社遂有“东方文库”之编集。启动之始，有如下告白。

一曰以立社为宗旨。一社之成长，当有连续性，一步一脚印，清晰可辨。本文库正是此种成长轨迹之记录，俾使本社所出之书，有完整链条而不断裂，有完整画面而不破碎。本文库不仅是立社之本，实又为本社之成长日志。

二曰以精品为追求。图书之撰，有下品，有中品，有上品；下品如快餐读物，上品如中西经典。又有精粗之分，精品如“四部丛刊”，粗品如“四库全书”。本文库自当以上品、精品为追求，所收各书，既是严肃认真之作，又为确有识见之作。

三曰以社会科学为范围。今之学科分类，源自西洋，以所谓“社会科学与自然科学”为两大类，前者如文史哲，后者如数理化。本文库所收各书，以社会科学为限；如文学、史学、哲学之作；如社会学、心理学、逻辑学之作；又如政治学、教育学、宗教学之作等等。科学史、科学哲学之类，不纯属自然科学者，亦在收录之列。

四曰以学术与文化为旗帜。本文库所收各书，以学术文化著作为限，可以是专著，亦可以是同主题论文集；可以是一个人独著，亦可以是多人合著；可以是中文之新撰，亦可以是外国之译作；可以是境内人士之作，亦可以是境外华语之作。

五曰以开放为特色。时间上，虽以当代学者为主，亦可前推后延，上溯晚清以降，甚或晚明以降；下及晚辈后生，呈无限开放之态。空间上，虽以吾国学者为主，但不拒绝西洋、东洋之优秀作品，呈无限开放之态。编辑上，不限体裁，不限文体，不分类，不编号，先有先出，亦呈无限开放之态。今之人继前之人，后之人继今之人，再后之人又继后之人，可以一代代，一辈辈延续下去，无有终时。

一人之成长，有一人之特别轨迹。一社之成长，亦有一社之特别轨迹。“东方文库”将是此特别轨迹之记录。十年后，五十年后，百年后，本文库将在中国出版史上留下印痕。

《论语·子路》载：“子适卫，冉有仆。子曰：庶矣哉！冉有曰：既庶矣，又何加焉？曰：富之。曰：既富矣，又何加焉？曰：教之。”古老之中华民族，已走过“庶矣”之阶段，正走在“富矣”之路上；“教之”之时代，迎面扑来。“东方文库”将不辜负时代重托，誓在“教之”之时代里，有所作为，建功立业。

东方文库编委会

出版说明

文怀沙先生所著《屈原〈离骚〉今绎》《屈原〈九歌〉今绎》《屈原〈九章〉今绎》曾分别出版于上世纪 50 年代，而《屈原〈招魂〉今绎》则刊于 1962 年《文史》第一辑，均为繁体字本，分别由郭沫若、游国恩、钱钟书校订，面世后产生了广泛的社会影响。

2005 年，百花文艺出版社发行了该套小丛书的简体字本，名为《屈骚流韵》，深得海内外读者的喜爱。今东方出版社经文怀沙先生授权，将四本书合为一册出版，名为《屈赋流韵》。

本书中《祖国的诗人之父——屈原》一文，原为《屈原〈离骚〉今绎》的代序，介绍了屈原的人生经历及创作历程，现用作全书总序。原各书中的自序、后记、跋文、附录现皆附于本书的每一部分之后。这些文章有的记录了文怀沙先生注绎屈原作品的始末，反映出工作的艰辛和成果的来之不易；有的就屈原作品某一方面做了深入的探讨（如《离骚韵读》），或就屈原作品的一些学术争议问题阐释了自己的观点（如《屈原〈九章〉今绎》自序）；有的是其他学者对绎注所发表的意见（如《从文怀沙先生的〈屈原九歌今绎〉说到"楚辞"中的"予"》 周汝昌）。本书的附录既可以使读者更多地掌握关于屈赋的知识，也能加深对本书的理解。

上世纪 40 年代至 80 年代，柳亚子、郭沫若、沈尹默、胡耀邦为文怀沙先生所题诗词，现附于书前。这些中国文坛与政坛的著名人物，作为文怀沙先生的诗友，对他绎注楚辞工作的关注与肯定，以及钱钟书、郭沫若、游国恩等一流学者为文怀沙先生楚辞绎注最终成书所付出的辛劳，不仅成为文化史上的一段美谈，亦彰显出了《屈赋流韵》所独具的价值。

目　录

序

祖国的诗人之父——屈原

屈原是出现在我国文学史上第一个博得中国人民爱戴的诗人。今年的农历端午节恰好是他的二二三〇年忌。为了纪念这位伟大的天才的爱国诗人，全世界爱好和平的人民，定于今年九月间为他举行隆重的纪念。

自纪元前三七六年，位于黄河流域的晋国分裂为韩、赵、魏三个国家，历史上即进入了所谓战国时代。这时，在北方除雄峙关西的秦国以外，还有燕、齐两国，在南方的便只有幅员最大的楚国。这七个国家连年征战，彼此攻伐，前后竟绵亘了一百五十多年，人民的苦难，是不可言喻的。

屈原，名平，原是他的字。生于纪元前三四〇年，死于纪元前二七八年。他所生活的六十二年，离开上述的战国时代的开始仅三十四年，下距秦帝国的统一中国亦不过五十七年。他出身于楚王同姓的贵族家庭。楚怀王在位时，曾任职左徒（相当重要的官职，大概相当于副宰相的位置）。他不仅有渊博的学识，而且关心政治，热爱祖国。起初很得怀王的信任，无论是办理国家重要的内政和外交工作，都请他参加。他的同僚上官大夫很嫉妒他。

有一次，怀王命屈原拟草法令，这篇文稿还没有完成，上官大夫恬不知耻地打算冒名顶替，据为己有，正直的屈原自然不能同意。上官大夫为此事，心怀不满，便到怀王面前去说屈原的小话，怀王听信上官的话，开始对屈原疏远。后来秦国想进攻齐国，但齐、楚两国既结为同盟，又有亲戚关系，事实上秦国如要想并吞六国，非先要把六国中较为强大的齐、楚之间的亲密关系打破不可。于是，秦国派遣谋士张仪到楚国去，游说怀王和齐绝交，并且声称愿意把商於那块六百里大小的地方送给怀王，作为附带条件。怀王是一个在政治上没有远见的人，被张仪的游说所动，立刻宣布和齐国绝交。事后派使者向秦索地，张仪故意托病不出。怀王以为他的做法还不能使张仪满意,又特地派人去辱骂齐王,以表示他态度的决绝。这时,张仪所预设的政治阴谋完全达到了,他的假病也没有再装下去的必要了。他摆出一副撒赖的面孔说:我当时只说送给你们六里地,并没有说过送给你们六百里地的话。怀王心知受骗,痛恨张仪,乃出兵击秦,连打了好几次大败仗,丧师失地,狼狈不堪。

从此楚国的外交政策,摇摆不定,忽而联齐,忽而联秦。秦昭王初立,愿意和楚国恢复邦交,送给怀王许多礼物,并约为婚姻,怀王接受了,还特地派人去迎接新妇。这时,在政治上比较失意的屈原,不能再缄默下去了,他极力地表示反对。刚愎自用的怀王不仅不接受屈原的忠告,反而制止了屈原在政治上发言的权利。

三四年后,秦又兴兵攻打楚国,楚国在军事上连遭失败。怀王又起用屈原,派他到齐国去重结友好。不久,秦昭王邀请怀王到秦国去会谈。秦国当时对楚国的吞并意图是再也清楚不过的。忠贞的屈原非常明确地劝阻怀王,他说:秦国像虎狼一样狠毒奸诈,千万不可信任。更不能去赴会。怀王的幼子子兰是一个毫无骨气的人,他却劝他的父亲不可放弃这个谄媚秦王的机会。当怀王进入了武关,秦国事先早就埋伏了军队,竟把怀王扣留住,要求割地。失去自由的怀王,这时多少有些觉悟,他拒绝对方的要挟,由于种种刺激,被逼病死在秦国,这是公元前二九六年的事。

怀王的大儿子顷襄王继位,这个人比他的父亲尤为软弱。顷襄王的弟弟子兰做了令尹(楚国的宰相),屈原对子兰劝怀王入秦是深为不平的,不免在语言和他的诗作中吐露出他的怨恨。子兰知道了非常愤怒,于是使上官大夫到顷襄王面前去制造谣言,屈原由于毁谤被流放到长江以南的地方,这次的流放,前后竟长达十多年之久。

屈原在这次长期的流放途中,有机会比较深入地了解到民间的困苦,要求祖国振兴的心愿,更为迫切。但是,他在政治上的作用,几乎完全被当时昏庸的统治集团剥夺完了。他已经很明白地知道自己没有被召回的希望,虽然他无时无刻不在痛苦地关心着祖国的安危。

公元前二七八年的春天,秦国的军队攻陷了楚国的京城郢都,楚王的祖坟也遭秦兵挖掘烧毁。这时,屈原已是六十二岁的老人,他亲身经历了这次痛心的丧乱,他眼看到祖国即将走向覆亡的命运,他痛心于广大人民的流离失所,终于,在这一年的端午,投身于长沙附近的汨罗江里。

屈原的一生,是一个历史性的悲剧。

从历史传统上看,楚国是一个巫风很盛的国家,屈原早期的作品——《九歌》是一套娱神的乐歌。“九”并不是数目字,郭沫若先生说,或许是纠字的意思,取其情意缠绵婉转。《九歌》传说是根据原来流传在沅湘之间的祭歌改作的。这些诗篇的保留,我们不难体会到在改作——其实是加工——过程以前,屈原是经过深湛地向民间文学学习和钻研的阶段的。《九歌》最值得我们加以注意的地方,第一是精醇而且新鲜的形式,第二便是屈原通过对神的描写和歌颂,表现了他对人间最深挚的感情。《九歌》计十一篇,其间最大部分是抒情的凄婉的恋歌,其次是战斗的悲壮的挽歌和庄严的肃穆的祭歌。

《离骚》是屈原的代表作,是他晚年遭受放逐时血和泪的结晶。这首最负盛名的抒情长诗,主要描写一个苦闷的灵魂的追求、彷徨和幻灭的感觉,上天下地,骑龙使鸟,用丰富的想象和巧妙的比喻,抒写自己一腔怀乡爱国的情绪,满怀生离死别的痛苦;再以神话佚闻,夹杂叙述,组成了这样一首扣人心弦的乐章。这乐章有时显得那么幽咽,有时又那么峻峭。贯穿全篇的主要的音流,便是他那股深挚得令人下泪的爱祖国、爱人民的感情。诗人唱着:

“哀民生之多艰兮,长太息以掩涕。”(可哀怜的是人民生计的困苦,长长地太息,止不住我眼泪的倾流。)他的疾恶如仇的正义感,使他不暇顾忌个人的利害得失,他说:

“岂余身之惮殃兮,恐皇舆之败绩。”(我不怕个人遭受到任何祸灾,我担心的是祖国的车乘要被支解。)甚至于他歌出了这样的声音:

“皇天无私阿兮,览民德焉错辅。夫唯圣哲以茂行兮,苟得用此下土。”(真理是没有私心的,他要辅助世上的好人。只有伟大的热爱人民的人,才配享用我们广袤的国土。)类似这样的诗句很多,都透露出屈原对君权的看法,他一再证明所谓君权一旦脱离了人民的要求,必然会走向灭亡的道路。上述种切,已足以说明我们的古诗人,他所拥护的是什么,他所反对的又是什么了。

《九章》乃是后人收辑屈原的作品九篇,合在一起,故名“九章”。就中《哀郢》篇乃是写于白起攻陷郢都的那个时期。其他的篇什除《橘颂》以外,大都是作于屈原自沉以前,那一段长期流亡的期间,所以调子非常沉郁。

《天问》是屈原作品中最奇特的一篇,在形式上是四言体裁,内容变幻莫测,在这一诗篇中,诗人一连串发出一百七十二个问题,他对古代的历史传说、宗教信仰、宇宙观念,都加以怀疑。这篇作品,反映出诗人禁压不住的内心的痛苦,以及由于他面临着悲惨的现实,因而引起对一切信仰的崩溃。

古中国的人民是富于诗意的想象的。如果有人病了,他的亲人们往往会在更深夜静的时候,用亲切的、哀凉的透过荒野的声调,呼唤着病者名字:“某某的魂啊!你回来啊,你回来啊!……”《招魂》正是从这种类型的原始的俗歌所发展出来的玮丽哀婉的诗篇。它的内容是:通过丰美多彩的形象,反复地歌讴着自己的祖国如何可爱,而任何方向的其他地方,相形之下,又是如何不可居留。这其中,洋溢着诗人热爱祖国的一片精诚。大概是诗人在黑暗而昏聩的政治压力下,感到自己的形(躯体)和神(灵魂)好像是分散了似的。于是他用那眷恋而热烈的歌声召唤起自己孤独而飘荡的灵魂。也有人考订,认为这篇东西,是屈原追悼楚怀王的作品。

此外,现今流传的屈原的作品还有《卜居》、《渔父》等篇什。

以上只是非常粗略地介绍了一下屈原的作品。

任何一个伟大的作家,主要是依藉他的不朽的作品来证实他的伟大。如果有人问,屈原创作中所选用的艺术形式与语言的源泉是什么?他诗篇中所表达的内容,即主要的思想感情又是什么?那么,我们可以简要地回答:屈原所采取的是民间的也是民族的艺术形式,他撷取了大量的楚国人民的口语,他的调子是活泼、和谐、生动的。他的诗作的丰富多彩的内容规定了他的形式，他新鲜的形式又加强了内容的突出。他的文体大大地区别于贵族的庙堂文学。诗篇中充满了奔放的想象，但，他的思想与感情还是紧紧地联系着国家和人民的命运的，他揭发了统治集团的黑暗。生活在今天的人们，依然从他的诗篇里得到鼓舞。

在纪念我们伟大的天才、爱国者、诗人——屈原时，我们应该记取，只有能热爱并且忠实于自己的时代，同时能正确地指出属于自己时代的要求的诗人，才能不朽。我们纪念屈原，应该着重指明他是热爱人民、热爱国家、关心政治的诗人。屈原的作品是在一定的程度内，反映了他所处的时代，通过对个人苦闷与矛盾的描写，反映了他对当时黑暗政治的愤懑。在他所有的作品中所共同肯定的，乃是为正义而奋斗的性格。而他所认为的正义的内涵，明确的说便是一种爱祖国、爱人民的伟大热情。

一九五三年八月中旬草——原载《中国青年》

同年十一月略经改定于聆喃堂

（原《屈原〈离骚〉今绎》代序）

辭賦今譯

离　骚

题解

《离骚》不仅是诗人屈原最为杰出的作品之一,也应该是中国甚或是世界诗史上最伟大的一篇。这篇作品大概是楚顷襄王时,诗人被放逐在江南那个期间所作的(约在公元前二九〇年)。

"离骚"二字有人理解为:"遭遇着忧患";有人理解为:"离别的忧愁"。近代也有人认为"离骚"本是楚国原有的一种歌曲的名字。较合适的解释,应该是:"被离间的忧思"。

这篇抒情长诗,主要是描写一个苦闷的灵魂的追求与幻灭;上天下地,骑龙使鸟,诗人赋予自己时刻在颤动、忽而又向无底的苍天驰骋的那股浪漫情绪以新鲜而生动的形象。由于诗人热爱现实,热爱自己的祖国和人民,因而,他的一切想象都孳生于那个历史阶段的特定现实;同时,也反映了那个时代的脉息和感情。诗篇中涌现着一片精诚,反复而周详地叙述着个人与统治集团的冲突,同时也肯定了为正义而坚决奋斗的个性。诗人强烈的救世的浩荡的意志和爱民的缠绵的情致,是形成这首抒情长诗辉煌璀璨而不朽的原因。

I

·【原文】·**帝高阳之苗裔兮，**①

【绎文】我本是古帝高阳氏的子孙，

·**朕皇考曰伯庸。**

表字伯庸的是我的父亲。

·**摄提贞于孟陬兮，**

当木星高悬在斗牛之间的那年正月，

·**惟庚寅吾以降。**②

庚寅的那天，是我的诞辰。

---

① “高阳”，即古帝颛顼氏，相传是黄帝的孙子。

② 中国古代纪年的方法是以太岁星（即木星）的运行作为标准的。原来岁星大约十二年绕太阳一周，古代的天文家就把它全部运转的过程，划分为十二个部位：即寅、卯、辰、巳、午、未、申、酉、戌、亥、子、丑，名为“辰次”。大约岁星每年移动一个辰次。当它走到一个辰次时，天文家都给予一个专名，例如：走到寅位的辰次时，就叫作“摄提格”。所谓原文的“摄提贞于孟陬”，“摄提”二字乃是“摄提格”的简称。“孟”是开始的意思，“陬”是正月，正月又是寅月。所以原文说“摄提贞于孟陬兮，惟庚寅吾以降”。那就是说：屈原是当着太岁星运转到“寅”的辰次——即斗牛之间的那年寅月庚寅之日降生的。根据这两句诗作为索引，对于屈原的生日有好些种不同的推算的方法：陈玚说：“自楚怀王以前，上推威王九年庚寅及宣王十五年丙寅，此二年中建寅之月，皆无庚寅之日，惟宣王二十七年（公元前三四三年）戊寅建寅之月己巳朔，庚寅为月之二十七日，屈子殆以是年生乎？”（《屈子生卒年月考》）刘师培说：“楚宣王戊寅二十七年（案当周显王二十六年），距入乙卯蔀四十九年，积月六百零六，闰余一，积日一万七千八百九十五，小余六百五十四，大余十五，得庚午为正月朔，庚寅为正月二十一日，（见下页）

·皇览揆余于初度兮，

为了我的生辰，我的父亲曾作一番考究，

·肇锡余以嘉名。

他赐给我以美名。

·名余曰正则兮，

“正则”就是我的本名，

·字余曰灵均。

表字被唤作“灵均”。[①]

·纷吾既有此内美兮，

我既然具有美善的内在，

屈子之出，当在是年。”（《古历管窥》）郭沫若师则以为岁星在事实上超过一次辰位，屈原所指的寅年，应该是纪元前三四〇年，因为那年的正月初七日是庚寅日。又，屈原为什么在诗篇的开始大书自己的生日，其用意是否在于自我炫耀，是很值得怀疑的。友人王闻夫先生认为庚寅是屈原的生日，同时也是重黎的忌辰。重黎是颛顼之后，因此也是楚宗室屈原的另一先祖。至于他死的原因，《史记·楚世家》说：“共工氏作乱，帝喾使重黎诛之不尽，帝乃以庚寅日诛重黎。”由此可见，重黎是高辛氏帝喾杀死的，而死的那天正是庚寅。屈原恰好生在这一天。所以把它郑重记录下来，其用意不外是：我生就是高辛氏族的敌人，我一定要替我被害的祖宗报仇。高辛是秦国的真正祖先，在《离骚》中，他是以屈原的情敌的人格而出现，实际上是影射着楚国的政敌秦国的。或谓秦是高阳之后，乃是不可靠的。

① 屈原本来名平，字原。这里用正则和灵均分别影射他的名字。王夫之说：“平者正之则也；原者地之善如均平者也，灵，善也。”或疑正乃巫之讹，巫则即后文巫咸之类。灵均即灵氛。为屈原命名、字者乃二巫者。

· **又重之以修能**。

同时更有超绝凡人的奇才。

· **扈江离与辟芷兮**,[①]

正如同披上了江离和幽芷的外衣,

· **纫秋兰以为佩**。[②]

又纽结了秋天的兰花作为佩带。

· **汩余若将不及兮**,

我是这般兴奋而且匆忙地,往前赶路;

· **恐年岁之不吾与**。

深恐那流水似的时光不能为我掌握。

· **朝搴阰之木兰兮**,[③]

天晓,采取山脚下的木兰花,

· **夕揽洲之宿莽**。

黄昏以后,我还在摘取水洲岸畔茂密的宿草。

---

① “江离”,类似芎䓖的一种香草。松村任三以为是一种藻类,名为Gracilaria confervoides,王逸以为即芍药(芍药又名将离),皆非。“芷”又名泽芬,一名芳香。

② “兰”,Eupatorium japonicum 或 E. Chinense。

③ “木兰”,即 Magnolia denudata。

清·门应兆作

扈江离与辟芷兮，纫秋兰以为佩。

·日月忽其不淹兮，

太阳和月亮匆匆地彼此追逐，不肯为我留伫。

·春与秋其代序。

春与秋就这么循环着替代着过去……

·惟草木之零落兮，

设想起草木在瞬息之间凋零飘落，

·恐美人之迟暮。[①]

你——理想的美人哟！

怕要老了吧，我深深地忧虑。

·抚壮而弃秽兮，

你应该抚惜自己的少壮——扬弃羞辱，

·何不改乎此度也？

干吗你不能改变你那旧有的态度？

·乘骐骥以驰骋兮，

我驾着千里马要放开四蹄奔啰！

·来！吾导夫先路也。

① “美人”，应该是指楚王，也有人认为是屈原自况或泛指贤士。纪昀说：“美人，谓盛壮之年。”

你来吧！我在忠诚地替你带路！

· **昔三后之纯粹兮，**[①]

在那遥远的古昔，我们有过三位仁慈的君王。

· **固众芳之所在。**

所有的贤者都被网罗在一起——馥郁芬芳。

· **杂申椒与菌桂兮，**[②]

纵似申椒和菌桂般的花木也全都收集，

· **岂惟纫夫蕙茝？**[③]

难道仅只考虑把象征君子的蕙草和香茝纽结成花环？

· **彼尧舜之耿介兮，**[④]

① 原文："三后"，王逸以为是指禹、汤、文王，朱熹以为是指三皇或少昊、颛顼、高辛，王夫之以为是指楚国的先王鬻熊、熊绎、庄王，蒋骥则根据《尚书·吕刑》以为是指伯夷、禹、稷，戴震以为是指楚先王熊绎、若敖、蚡冒，我认为王、戴的说法比较合理些。

② "椒"，花椒，芸香科有刺灌木，学名为 Zanthoxylum simulans。"菌桂"，菌就是薰，兰科香草，即 Cymbidium pumilum。桂，樟科香木，名 Cinnamomum cassia。

③ "蕙"，南方草木状蕙，一名薰草。王注也认为这样。可见并非是如《尔雅翼》所谓一干一花而香有余的蕙。"茝"，即芷，学名为 Conioselinum unvittatum。

④ 唐尧和虞舜相传是中国古代的两位圣君，他们都把帝位禅让给贤者，他们那种大公无私的精神，成为中国历史的理想人物。

看哪！唐尧和虞舜是那么光明磊落，

·**既遵道而得路**。

他们遵循事物的规律，迈向他们应该走的道路。

·**何桀纣之昌披兮，**[①]

说到夏桀和殷纣又是如何的糊涂放荡！

·**夫惟捷径以窘步**。

因为爱走小路，迷失方向，弄得屡次失足。

·**惟夫党人之偷乐兮，**

想起那些荒唐的小人，迷恋个人的享乐。

·**路幽昧以险隘**。

他们的前途真是幽黯、危险、多阻而且狭隘。

·**岂余身之惮殃兮？**

我岂是顾忌一己遭受到什么意外的灾？

·**恐皇舆之败绩！**

我怕的是祖国的车乘要被肢解。

·**忽奔走以先后兮，**

① 夏桀和商纣是中国古代的两个暴君，后来都遭到亡国的命运。

我匆忙地在你的前前后后奔走个不息，

·及前王之踵武。

意图追赶上往古圣王的足迹。

·荃不察余之中情兮，[1]

你啊！不肯细心地了解我的诚恳的心意，

·反信谗而齌怒。[2]

倒反相信别人的毁谤，毫不考虑地大发我的脾气。

·余固知謇謇之为患兮，

我明白——过分的梗直忠贞是要吃亏的；

·忍而不能舍也。

然而啊，我愿意忍受着痛苦，这习性却难以放弃！

·指九天以为正兮，

苍天在上，可以给我的心作评判。

① 原文："荃"，香草，用以喻楚王，学名为lris sibirica var. orientalis。大概是石昌蒲之类。

② 原文："齌怒"，犹今言怒火中烧的意思。龚景瀚说："《说文》齌，炊餔疾也，《玉篇》炊釜也，王但训为疾，似未尽其义。盖其中有物而气不可遏，怒之蓄于心者深，而见于色者也。"

·夫惟灵修之故也。[①]

我完全,我完完全全是为了你!

·初既与余成言兮,

当初你既然和我讲妥,

·后悔遁而有他。

后来又翻悔,移动了你的然诺。

·余既不难乎离别兮,

我并不怕与你分手,

·伤灵修之数化。[②]

伤心的是你的意志,老是不可捉摸。

·余既滋兰之九畹兮,

我曾培植过大片地的春兰,

·又树蕙之百亩。

又栽种了百来亩的秋蕙。

---

① 原文:“灵修”,应指楚怀王。

② 原文:“伤灵修之数化”以后原有“曰黄昏以为期兮,羌中道而改路”,乃《九章·抽思》句,误窜入。屈复说:“此二句与上‘悔遁有他’意重,又通篇皆四句,此多二句,明系衍文。”故删去。

清·门应兆作

余既滋兰之九畹兮，又树蕙之百亩。

·畦留夷与揭车兮，[1]

田里还有留荑和揭车，

·杂杜衡与芳芷。[2]

夹杂种了些杜衡和芳芷……

·冀枝叶之峻茂兮，

盼望等待它们的枝叶长得茂盛了，

·愿俟时乎吾将刈。

一到合适的时候，我就将要收割。

·虽萎绝其亦何伤兮？

我并不担心这些草木的枯萎零落，

·哀众芳之芜秽。

我引为悲哀的，却是它们荒废得太多。

·众皆竞进以贪婪兮，

那么多的人都在贪婪地追逐，

·凭不厌乎求索。

---

① “揭车”一名艺薁，可能是山药之类。“留夷”，张揖说：“留夷，新夷也。”颜师古则认为留夷既是香草，绝不是新夷，因为新夷乃是木耳。待考。

② “杜衡”，香草，马兜铃科，学名为 Asarum Blumei。“芷”见第 5 页注①。

追逐个人的利益，永远不会满足。

· **羌内恕己以量人兮，**

宽恕自己，猜疑别人，

· **各兴心而嫉妒。**

甚至连他们之间也勾心斗角地互相嫉妒。

· **忽驰骛以追逐兮，**

奔走啊，胡乱地钻营，一样是为了争权夺利。

· **非余心之所急。**

像这些，不是我所屑于做的。

· **老冉冉其将至兮，**

垂暮之年，渐渐地将要向我侵袭，

· **恐修名之不立。**

我担心的是美好的声名不能树立。

· **朝饮木兰之坠露兮，**

早晨，我啜饮木兰花上掉下来的露滴，

· **夕餐秋菊之落英。**

晚上，以菊花的残瓣充饥。

· **苟余情其信姱以练要兮，**

只要我的感情是坚贞不易，

·**长顑颔亦何伤！**

纵使形骸渐次瘦削下去，又有什么关系？

·**擥木根以结茝兮，**[①]

于是我手持木根把白芷拴上，

·**贯薜荔之落蕊。**[②]

再穿上薜荔的花蕊。

·**矫菌桂以纫蕙兮，**[③]

我举起削直了的桂枝又挽上芳蕙，

·**索胡绳之纚纚。**[④]

串上些胡绳草——你瞧，够多美！

·**謇吾法乎前修兮，**

---

① “茝”，即芷，参阅13页注②。

② “薜荔”，即本草所谓的 Ficus pumila。

③ “桂”，学名为 Cinnamomum。

④ “胡绳”，吴仁杰认为胡绳非一物，胡乃荤菜，即山蒜，学名 Allium nipponicum。绳乃绳毒，即本草所称蛇床子，学名为 Selinum japonicum，花叶似蘼芜。蜀本《图经》云：“似小叶芎䓖，花白，子如黍粒黄白色。”嘉祐《图经》云：“三月生苗，高二三尺，叶青碎作丛，似蒿枝，每枝上有花头百余结同一窠，似马芹类。四五月开花，又似散水。”

我是这般诚恳地学习着历史上伟大的人格，

·**非世俗之所服**。

但是，这不是世俗的打扮。

·**虽不周于今之人兮**，

虽然不能投合目前这些人的习惯，

·**愿依彭咸之遗则**。[①]

可是，效法古代的贤者——彭咸，是我的志愿。

·**哀民生之多艰兮**，

可哀怜的是人民生计的多难、困苦，

·**长太息以掩涕**。

长长地太息，止不住我眼泪的倾流。

·**余虽好修姱以鞿羁兮**，

我虽然有高尚的操行，小心行事，

① 彭咸是人名。据王逸说，乃是商代的贤大夫，因谏君，不听，投水死。今不可考。但也有人说彭咸即老彭，也有人认为彭咸是指老彭和巫咸两人。我觉得投水而死是没有什么根据的。疑彭咸即比干，彭、比双声，咸古音干。

·謇朝谇而夕替。[①]

然而啊！早上献出的意见晚上又给否定。

·既替余以蕙纕兮，

纵使毁了我芳香的蕙带，

·又申之以揽茝。

我还得用白芷来作为替代。

·亦余心之所善兮，

只要是我内心所认为正确的，

·虽九死其犹未悔！

纵使交付出生命，我也不能丝毫悔改。

·怨灵修之浩荡兮，

怨恨你——先王，这般糊涂。

·终不察乎民心。

老是不能了解人民的企图。

① 原文："謇朝谇而夕替"，闻一多认为谇当为綷，此句与下句的替字，并当为䊷，皆字之误也。綷，缚也。䊷即𣝗字，《说文》曰："𣝗，小束也，读若茧。"朝綷夕替者，谓朝夕取芳草自缚束其身以为佩饰也。说亦可通。（详见《闻一多全集》三册三六〇页）今绎从王逸旧注。

· **众女嫉余之蛾眉兮，**

嫉妒我的美好的，是那群小气的女人，

· **谣诼谓余以善淫。**

她们制造些卑鄙的谣言——说我生性好淫。

· **固时俗之工巧兮，**

固然，当时这批庸俗的人们善于取巧，

· **偭规矩而改错。**

违背了事物发展的规律，胡作乱为。

· **背绳墨以追曲兮，**[①]

放弃是与非的标准，从俗浮沉，

· **竞周容以为度。**

比赛着他们苟合取容的媚态成为他们的生活惯例。

· **忳郁邑余侘傺兮，**

沉重，忧郁，不安，我是这般地寂寞。

· **吾独穷困乎此时也！**

我孤独地被这个不幸的世纪所困厄，

① 原文："追曲"，王夫之谓："追曲，随意曲直，无定则也。"

·宁溘死以流亡兮，

宁可早些死掉，或者让灵魂去飘泊也好，

·余不忍为此态也。

我实在是不忍心做那种丑态啊！

·鸷鸟之不群兮，

飞得太高的鹰隼是不能合群的，

·自前世而固然。

自古以来便是理所当然。

·何方圜之能周兮？

方与圆怎能配合呢？

·夫孰异道而相安？

哪有不同的想法能彼此相安？

·屈心而抑志兮，

且耐心地压制住我这颤动的心灵和理想，

·忍尤而攘诟。

忍受着谴责并且接受耻辱的流言。

清·门应兆作

鸷鸟之不群兮，自前世而固然。

·伏清白以死直兮，

我知道，满蕴着清白而死于正义，

·固前圣之所厚。

那本是一切伟大灵魂所赞美的啊！

·悔相道之不察兮，

我悔恨压根儿走错了我的路，

·延伫乎吾将反。

停顿了脚步，我将要回去。

·回朕车以复路兮，

回转我的车乘走向归途，

·及行迷之未远。

趁错误的道路还没有走得太远的时候。

·步余马于兰皋兮，

把马赶上蔓生着兰草的泽畔，

·驰椒丘且焉止息。

让它在长着椒花的小山上自由自在地休息。

·进不入以离尤兮，

进取不成反遭受到痛苦的毁谤，

·**退将复修吾初服**。

我要退下来再尽力修整一下我旧时的衣服。

·**制芰荷以为衣兮**，[①]

于是，将碧绿的荷叶制成一件上衣，

·**集芙蓉以为裳**。[②]

把洁白的莲花作为裙裳。

·**不吾知其亦已兮**，

没有人能了解我也就算了，

·**苟余情其信芳**。

只要我内在的感情是真正的芬芳。

·**高余冠之岌岌兮**，

我戴上一顶高高的帽子，

·**长余佩之陆离**。

系上一条长长的带子。

① 原文："芰"，即菱，学名为 Trapa。

② 原文："芙蓉"，即荷莲，学名为 Nelumbo nucifera.

清·门应兆作

制芰荷以为衣兮，集芙蓉以为裳。

·芳与泽其杂糅兮，[1]

眼看到芬芳与污垢混杂在一起，

·唯昭质其犹未亏。

只有我清白的本质没有受到损伤。

·忽反顾以游目兮，

急忙，我扭过头来将我的视野驰骋、开放，

·将往观乎四荒。

我打算将要到四处游览观光。

·佩缤纷其繁饰兮，

你瞧我佩戴得多么华丽而且停当，

·芳菲菲其弥章。

馥郁的香味在飘扬，向更远的地方……

·民生各有所乐兮，

人们生活在世界上各有不同的爱好。

·余独好修以为恒。

① 原文："芳与泽其杂糅"，自来注家都把泽字理解为光彩润泽之类的意思。沫若师最近发现泽应该是坏字眼，他说："《诗·秦风》：'子曰无衣，与子同泽'。郑注：'泽，亵衣也，近污垢。'应即此泽字之义。"按此说良是，绎文从之。

爱好修饰，却成为我个人的习尚。

·虽体解吾犹未变兮，

我是不能改变的，纵使我的肢体四分五散，

·岂余心之可惩？

难道我的心会由于受了威胁而动摇张皇？

Ⅱ

·【原文】·**女嬃之婵媛兮，**[①]

【绎文】我那温柔而体贴的女伴啊！

·**申申其詈余。**

她重三遍四地责备我，

·**曰："鲧婞直以亡身兮，**[②]

她说："以前鲧就是由于刚直，

没有考虑到自己的生命，

·**终然殀乎羽之野。**

结果是被杀了——在羽山的荒野。

① 原文："女嬃之婵媛"，女嬃，自王逸以来，大多数的注家都据《说文》贾侍中"楚人谓姊为嬃"的一句话，认定是指屈原的姊姊。张云璈《选学胶言》引《文选集解》，认为嬃是贱妾之称，比党人也。梁章钜《文选旁证》引朱氏绶云："以下文'众不可户说兮'观之，则女嬃自宜以党人解之，若内被姊詈，不得归于众也。"刘永济《离骚通笺》（详见《文哲季刊》六卷三期）则主要引《汉书·广陵厉王传》："当使女巫季女嬃使下神祝诅。女须泣曰：'孝武帝下我。'左右皆伏。"认为女嬃乃神巫之名。细绎文谊女嬃之辞，并无恶意。且婵媛应有眷恋美好意，释为党人，殊不妥。绎文从沫若师，作女伴。"婵媛"，朱熹云："眷恋牵持之意。"绎文大体据此。闻一多则以为婵媛当从一本作掸援，即啴咺，怒而喘息也。说甚新颖，详见《闻一多全集》二册三六一页。

② 鲧一作鮌，夏禹的父亲，因治水失败，被尧帝杀于羽山。鲧在屈原的诗篇中，是以同情的口吻提到的。

·汝何博謇而好修兮，

你又干嘛那么直率而爱好修饰啊！

·纷独有此姱节。

还保存着那么多美好的气节？

·薋菉葹以盈室兮，[①]

眼前堆满了一屋子的平凡的菉草和葹草……

·判独离而不服。

你就与众不同地，不肯将它们穿戴。

·众不可户说兮，

你以为人多着呢，不可能挨家挨户去作说明，

·孰云察余之中情？

有谁说他能真个了解我们的内心？

·世并举而好朋兮，

人世间都是爱成群结伙的，

① 原文："薋菉葹"，薋，即蒺藜，荠草，学名为 Tribulus Terrestris。菉，据《尔雅》当即王刍，吴仁杰云："按本草以此为荩草，叶似竹而细薄，茎亦圆小，俗名菉蓐草。"学名未详。葹，即枲耳，学名为 Xanthium strumarium，亦恶草。绎文从段玉裁《说文解字注》训薋为堆积之义。

·夫何茕独而不予听?”

你为什么忍受着孤独,竟不肯相信我?”

·依前圣以节中兮,

且按压我自己,我要依靠历史上伟大的灵魂,

·喟凭心而历兹。

叹息我的心情至今还不能平静。

·济沅湘以南征兮,①

于是我渡过沅、湘二水南行,

·就重华而陈辞:②

走向古帝大舜之前作一番表明。

·“启九辩与九歌兮,③

我说:“从前夏启王从天上得到

九辩与九歌的两部乐章,

① “沅、湘”,沅水和湘水,在今湖南省境。帝舜葬于九疑山,即在沅、湘二水之南。

② 原文:“重华”,是帝舜的名字。

③ 启是夏代的帝王,夏禹的儿子。

·夏康娱以自纵。[①]

他回到人间，欢乐得近似放浪。

·不顾难以图后兮，

不顾虑任何祸患，也不肯为明天着想，

·五子用乎家巷。[②]

因而他的儿子——武观，就酿成了国内的灾殃。

·羿淫游以佚畋兮，[③]

后羿喜作田猎，邪淫放荡，

·又好射夫封狐。

整日价在山野里追射那大狐，

·固乱流其鲜终兮，

---

① 原文："夏康娱以自纵"，康娱二字连文，逸乐的意思。夏读为上下的下，指启下返人间。

② 相传启曾把天上的两部乐章——九辩和九歌带到人间。五子是启的儿子，《国语·楚语》作五观，《竹书纪年》又作武观，其实皆是一人。据《竹书》，帝启十一年，"放王季子武观于西河"，十五年，"武观以西河叛"，以上四句，即指此事。原文："家巷"的"巷"字借为閧字的意思。"家巷"犹言内乱。又，原文"用乎家巷"，"用"字下原有"失"字，乃衍文，故删去。以上用王引之说，见王念孙《读书杂志·余篇下》。

③ 羿是夏代的诸侯，有穷国的君王，故称后羿。夏帝太康时，篡夺夏政。他喜欢打猎，不理政事，后为宰相寒浞所杀，连妻室也被占去了。浇是寒浞的儿子，强梁多力，纵欲无度，杀夏后相。后为夏帝少康所灭，夏遂复兴。

清·门应兆作

夏康娱以自纵，……五子用乎家巷。

当然，这种不务正业的好乱之徒很少有好结果，

· **浞又贪夫厥家**。[1]

终于他的丞相——寒浞杀了他，并且强占了他的妻房。

· **浇身被服强圉兮**，[2]

说到寒浞的儿子——过浇又是那么横行霸道，

· **纵欲而不忍**，

放纵自己的情欲而不能节制，

· **日康娱而自忘兮**，

镇日价快乐逍遥，

· **厥首用夫颠陨**。

他的脑袋因而失掉。

· **夏桀之常违兮**，

夏桀——那个暴君，一味倒行逆施，

· **乃遂焉而逢殃**。[3]

到头来遭受到杀身的祸殃。

① 见第29页注③。

② 见第29页注③。

③ 夏桀王无道，为商汤王所灭。

清·门应兆作

羿淫游以佚畋兮，又好射夫封狐。

·**后辛之菹醢兮，**

商纣——那个昏王，把忠良剁成肉酱，

·**殷宗用而不长**。①

商朝的天下也就因此不得久长。

·**汤禹严而祗敬兮，**

说到他们开国的君王——夏禹和商汤，都谨慎行事；

·**周论道而莫差**。

周初的政治也都能按照正道，没有什么差池。

·**举贤而授能兮，**

他们举拔贤材而信用能干的人，

·**循绳墨而不颇**。

遵守一定的规则，大公无私。

·**皇天无私阿兮，**

主宰我们的是真理，她是没有私心的呀！

·**览民德焉错辅**。

她是要辅助世上的好人。

① 商纣名辛，故原文称后辛，他曾剜开忠臣比干的心，又把诸侯梅伯剁成肉酱。后为周武王所灭，殷商遂亡。

·夫惟圣哲以茂行兮，

因为只有那伟大人们崇高的行为，

·苟得用此下土。

才能享用我们广袤的国土。

·瞻前而顾后兮，

瞻顾古往今来的史实，

·相观民之计极。

仔细观察了人生的路径；

·夫孰非义而可用兮？

哪里有不按道理做事的人可以被信用？

·孰非善而可服？

哪里有不良善的行为能叫人服膺？

·阽余身而危死兮，

纵使我在不幸的绝境中丧失了生命，

·览余初其犹未悔，

但，自顾当初的用心，我是丝毫无有悔恨。

·不量凿而正枘兮，[1]

不问实际的环境，单凭个人的忠贞，

·固前修以菹醢。”

无怪乎前代的许多贤人，都遭受到杀戮的命运。

·曾歔欷余郁邑兮，

叹息哟叹息——我是这般地忧愁、郁闷……

·哀朕时之不当。

哀怜我生不逢辰。

·览茹蕙以掩涕兮，

拿起蕙草来拭尽我的泪，

·沾余襟之浪浪。

止不住的滚滚的泪珠哟！沾湿了我的衣襟。

·跪敷衽以陈辞兮，

我跪在自己的衣角上，虔诚地申诉，

---

① 原文："不量凿而正枘"，凿是木匠制作用的工具。枘是凿的上端，中空，用以纳凿的木柄。这句诗的意思是说，不考虑凿的大小，随便安上一个柄子是不能相适合的。屈原用这个例子来说明忠贞之士的命运——他自己也正是如此。原文直译甚不易，故采取较为大胆的意译。

· **耿吾既得此中正**。

我已经很明白地接受了大舜的启示。

· **驷玉虬以乘鹥兮**，

我驾起玉龙和凤凰，

· **溘埃风余上征**。

陡然间，我飘忽地脱离了俗尘，随风上升。

· **朝发轫于苍梧兮**，[1]

清晨我从苍梧那地方出发，

· **夕余至乎县圃**。[2]

晚上就到了昆仑山上的县圃。

· **欲少留此灵琐兮**，

我打算在这神圣的天门前逗留片刻，

· **日忽忽其将暮**。

可是，日头匆匆地就要掉下去了。

---

① “苍梧”，地名，在今湖南零陵县。相传帝舜葬此。上面一段提到“就重华而陈辞”，故此说从苍梧出发。

② 相传县圃是神山，在昆仑山上。县音玄。

·吾令羲和弭节兮，[1]

我吩咐太阳之神——羲和，你慢慢地走哟！

·望崦嵫而勿迫。[2]

纵使望见你的老家——崦嵫山，也别匆促地沉落。

·路漫漫其修远兮，

因为前面的路程是这么辽远，又辽远……

·吾将上下而求索。

更何况我还要上天下地追求我的理想呢。

·饮余马于咸池兮，[3]

且让我的马——玉龙，在咸池饮水，

·总余辔乎扶桑。[4]

系上我的马缰，让它在扶桑憩憩腿儿。

·折若木以拂日兮，[5]

折下若木的枝桠，轻轻地鞭阻着太阳，

① “羲和”，为太阳驾驶车子的神。

② 相传崦嵫是山名，乃日入之处。

③ “咸池”本是星名，即天池。相传是太阳洗澡的地方。

④ “扶桑”原是一种神树的名称，传说在海中，太阳出来从它上面挨过。

⑤ “若木”也是一种神树。王逸说：“若木在昆仑西极，其华照下地。”

·聊逍遥以相羊。

瞧！我暂时是多么地自由自在。

·前望舒使先驱兮，[①]

于是我支使月亮之神——望舒，在前面替我做向导，

·后飞廉使奔属。[②]

又命那风伯——飞廉，在后面追随奔跑。

·鸾凰为余先戒兮，

鸾凤！你替我喝道！

·雷师告余以未具。

可是雷师却来告诉我，这一切都还没准备好。

·吾令凤鸟飞腾兮，

于是我派遣凤鸟展翅飞腾，

·继之以日夜。

夜以继日地，不许停息。

·飘风屯其相离兮，

一会儿那回风聚合起来，

---

① “望舒”，为月亮驾驶车子的神。

② “飞廉”，风神。

清・门应兆作

前望舒使先驱兮，后飞廉使奔属。鸾凰为余先戒兮，雷师告余以未具。

·率云霓而来御。

来表示欢迎,率领着五彩的云霓。

·纷总总其离合兮,

眼前辉煌灿烂,纷纭的一片忽离忽合……

·斑陆离其上下。

夺目的五光六彩,参差的忽上忽下……

·吾令帝阍开关兮,

我叫天国的传达替我开门,

·倚昌阖而望予。

他倚着天门,摆了一摆手,漠然地望着我。

·时暧暧其将罢兮,

时光昏暗下来了,像是末日的将要到临,

·结幽兰而延伫。

我怅惘地捧着通情的幽兰直发愣。

·世混浊而不分兮,

世界是这般混浊,分辨不出什么是非好恶。

·好蔽美而嫉妒。

美好的都给蒙蔽了,剩下的只是相互间的嫉妒。

· **朝吾将济于白水兮，**[①]

等到明天天亮了，我将要渡过白水，

· **登阆风而绁马。**[②]

登上昆仑的阆风山头拴住我的玉龙马。

· **忽反顾以流涕兮，**

回过头我又一次禁不住掉下了眼泪，

· **哀高丘之无女。**

伤心在这天国也找不到理想的美女哟！

· **溘吾游此春宫兮，**

飘忽地我游到东方天上青帝的宫里，

· **折琼枝以继佩。**

折下了琼树的枝桠插在我佩带的花环上，

· **及荣花之未落兮，**

趁着这琼枝上繁茂的花木还不曾凋零，

· **相下女之可诒。**

我要寻访那住在下界可以接受我馈赠的女郎。

---

① “白水”，相传出于昆仑山，饮用了可以长生不死。

② “阆风”，山名，在昆仑山上。

·吾令丰隆乘云兮，[1]

云师——丰隆！我命令你替我驾起云彩，

·求宓妃之所在。[2]

我要觅求伏羲氏的女儿——宓妃的所在。

·解佩纕以结言兮，

且解下我所佩挂的丝带作为我寄言的包裹，

·吾令蹇修以为理。[3]

且吩咐钟磬清越的声音，替我提亲。

·纷总总其离合兮，

含含糊糊来来去去忙乱了一阵，

·忽纬繣其难迁。

陡然说是由于闹别扭，终于无成。

·夕归次于穷石兮，[4]

---

① “丰隆”，是云神。

② “宓妃”是神女。或谓即古帝伏羲氏的女儿，传说溺死洛水，遂为水神。

③ 旧解多以为蹇修是人名，乃伏羲氏的大臣。闻一多则解蹇修是口吃的人。余杭章先生则认为：“蹇修为理者，谓以声乐为使，如司马相如传所谓以琴心挑之。释乐：‘徒鼓钟谓之修，徒鼓磬谓之蹇’，则此蹇修之义也。古人知音者多，荷蒉野人，闻击磬而叹有心，钟磬可以喻意明矣。”绎文从之。

④ 王逸云：“弱水出于穷石，洧盘之水，出崦嵫之山。”

宓妃——她晚上回到穷石那地方过宿去了，

· **朝濯发乎洧盘**。[①]

她清早洗头发，却又在洧盘的水边。

· **保厥美以骄傲兮**，

她仗着自己的美丽，眼睛里瞧不起别人，

· **日康娱以淫游**。

整日价追求欢乐，无节制地浪游。

· **虽信美而无礼兮**，

她虽然长得好，生活却一团糟。

· **来违弃而改求**。

哼！丢了她罢，改变我追求的目标。

· **览相观于四极兮**，

我放眼四面八方，看遍了每个角落，

· **周流乎天余乃下**。

在天上周游一遍，又降临到了人间。

① 王逸云："弱水出于穷石，洧盘之水，出崦嵫之山。"

清·门应兆作

吾令丰隆乘云兮，求宓妃之所在。解佩纕以结言兮，

吾令蹇修以为理。……夕归次于穷石兮，朝濯发乎洧盘。

·望瑶台之偃蹇兮，

远远地看见瑶台的华丽巍峨，

·见有娀之佚女。[①]

有娀国的美女——简狄，终于被我发现。

·吾令鸩为媒兮，

我吩咐鸩鸟替我做媒，

·鸩告余以“不好”。

鸩鸟欺骗我，对于简狄，信口雌黄地加以毁诋。

·雄鸠之鸣逝兮，

雄鸠本是雄辩家，善于说话，

·余犹恶其佻巧。

可是我又厌恶他的轻佻与谄媚。

·心犹豫而狐疑兮，

心里一上一下，疑惑了老半天，

·欲自适而不可。

打算作自我介绍，又觉得不妥当。

① 相传有娀氏有两个美女，居于九成之台（上文瑶台即指此），其一为帝喾（即高辛氏）的妃子。

清·门应兆作

望瑶台之偃蹇兮，见有娀之佚女。

·凤凰既受诒兮，

凤凰是已经受人的委托将礼物送去了

·恐高辛之先我。[①]

看情形，恐怕高辛氏捷足先得。

·欲远集而无所止兮，

我打算到远方去，可是到哪儿去呢？

·聊浮游以逍遥。

只有暂时作无所止归的流浪。

·及少康之未家兮，

忽而想到趁少康还没有结婚，

·留有虞之二姚。[②]

不是有虞氏的两位娇女还待字闺中吗？

·理弱而媒拙兮，

提亲的人差劲儿，媒人又笨，

·恐导言之不固。

---

① 同第45页注①。

② 少康是夏代的帝王，夏后相的儿子。寒浞使浇杀夏后相，少康逃奔有虞国，娶以二女。有虞姓姚，故原文谓："留有虞之二姚"。其后少康灭浇兴夏。

恐怕这次又要靠不住了。

·世混浊而嫉贤兮，

世界是这样肮脏和妒忌贤能，

·好蔽美而称恶。

一般人习惯于遮蔽别人的美德而强调别人的过错。

·闺中既以邃远兮，

美人的香闺既然那么深邃，

·哲王又不悟。

你，聪明的人主又始终不肯醒悟。

·怀朕情而不发兮，

我怀抱着满腹的热情而无处倾吐，

·余焉能忍与此终古！

唉！我怎么能忍受到死哟！

III

·【原文】·**索藑茅以筳篿兮,**[1]

【绎文】我用灵草为绳,缚上小竹片。

·**命灵氛为余占之。**

请女巫灵氛替我占卜一下。

·**曰:"两美其必合兮,**

她说:"你俩是必然会结合的,

·**孰信修而莫心之?"**[2]

哪里有真正的美人没人爱慕她?"

·**"思九州之博大兮,**

"你想世界是多么辽阔,

·**岂惟是其有女?"**

难道只有这里才有美人吗?"

·**曰:"勉远逝而无疑兮,**

"你应该努力到远方去,不要迟疑,

① 原文"藑茅筳篿"都是占卜用的工具。

② 原文原作:"孰信修而慕之",慕字意难通。郭师认为应是"莫心"二字合一之误。闻一多则认为是"莫念"之误。原文据郭师校改。

·孰求美而释汝?

哪有追求美好的人会放弃你?

·何所独无芳草兮,

天涯何处无芳草?

·尔何怀乎故宇?

你为什么要苦苦留恋自己的家乡?

·世幽昧以昡曜兮,

人世间黑暗得乌七八糟,

·孰云察余之善恶?

谁能辨别我们的短长?

·民好恶其不同兮,

人们的爱好与厌恶没有什么不同,

·惟此党人其独异。

只有这批小人才与众殊异。

·户服艾以盈腰兮,[①]

他们的腰间挂满了野艾,

---

① "艾",莠草,学名为 Artemisia vulgaris var. indica。

· **谓幽兰其不可佩**。

反而说幽香的兰花，不值得佩带。

· **览察草木其犹未得兮，**

你瞧！分辨草木的能力都没有，

· **岂珵美之能当？**

何况请他们鉴别美玉呢？

· **苏粪壤以充帏兮，**

把粪土塞满在荷包里，

· **谓申椒其不芳**。”①

反而说椒花没有香味儿。”

· **欲从灵氛之吉占兮，**

我想听从灵氛的启示，

· **心犹豫而狐疑**。

心里却老是踌躇着，不能决定。

① 自王逸以来大部分的注家，都认为灵氛之辞，止于“汝何怀乎故宇”句。姚鼐则谓止于“谓申椒其不芳”，姚说甚是，绎文从之。

· **巫咸将夕降兮，**①

听说巫咸今晚要降临，

· **怀椒糈而要之。**

我怀着椒香和精米去作祈求。

· **百神翳其备降兮，**

百神前前后后地下降会集，

· **九疑缤其并迎。**②

九疑山上的神女都纷纷地去欢迎他。

· **皇剡剡其扬灵兮，**

灿烂辉煌地发射出无限的灵光。

· **告余以吉故。**

巫咸替我带来了福音，

· **曰："勉升降以上下兮，**

他说："你该努力上天下地，

· **求矩矱之所同。**

去访求你志同道合的友人。

① 巫咸，古代的神巫。

② 九疑，山名。见第28页注①。

清·门应兆作

百神翳其备降兮，九疑缤其并迎。

·**汤禹严而求合兮，**

商汤和夏禹都曾诚心地访求他们的贤臣，

·**挚咎繇而能调**。[①]

终于，得到了有力的同调——伊尹和皋陶。

·**苟中情其好修兮，**

如果你内在的感情是高尚的，

·**又何必用夫行媒？**

又何必一定要仰仗别人介绍？

·**说操筑于傅岩兮，**

例如傅说在傅岩那地方做劳工，

·**武丁用而不疑**。[②]

商王武丁重用了他没有丝毫怀疑。

·**吕望之鼓刀兮，**

吕望在朝歌地方操着屠牛的生涯，

---

① 原文："挚咎繇而能调。"挚是伊尹名，为商汤的贤臣；咎繇一作皋陶，为夏禹的贤臣。

② 原文："说操筑于傅岩兮，武丁用而不疑。"说即傅说，筑于傅岩。殷王武丁（即殷高宗）梦得贤相，乃画梦中的像。后来果然找到了，遂举以为相。

·遭周文而得举。[①]

遇到周文王而得展其怀抱。

·宁戚之讴歌兮，

宁戚在城门口歌唱时，

·齐桓闻以该辅。[②]

齐桓公了解他是贤人便聘他做大夫。

·及年岁之未晏兮，

要趁你年岁还不算太老，

·时亦犹其未央。

时机也还没有过去的时候。

·恐鹈鴂之先鸣兮，

别等到秋分前伯劳鸟开始在大地上歌唱，

·使夫百草为之不芳。"

那么一切的花草也都随着凋零。"

---

① 吕望，即太公吕尚，本姓姜氏，未遇时，尝为屠夫。周文王梦得圣人，于是出猎遇之，遂载以归。后来佐周武王伐商灭纣，封于齐。

② 宁戚，春秋时卫国的贤人，曾为商贾，有一天在喂牛，叩牛角感慨而歌。歌辞为："南山矸，白石烂，生不遭尧与舜禅，短布单衣适过骭，从昏饭牛薄夜半，长夜漫漫何时旦？"齐桓公听见了，知道他是非常人，遂任为大夫。

·何琼佩之偃蹇兮，

我的装饰真是无比的华美哟！

·众薆然而蔽之。

怎奈糊涂的人们都遮蔽了自己的眼睛。

·惟此党人之不谅兮，

他们始终不谅解我，

·恐嫉妒而折之。

恨不得把我毁了，完全出于他们的嫉妒心。

·时缤纷以变易兮，

时间是如此错综多变，

·又何可以淹留？

我岂能在此作长期的留恋？

·兰芷变而不芳兮，

兰和芷已经变得没有香味了，

·荃蕙化而为茅。①

荃和蕙也都变成了茅草。

① “茅”，莠草，学名为 Imperata arundinacea。

·何昔日之芳草兮，

我要问：为什么往昔的香草，

·今直为此萧艾也？

今天竟变成了荒野地里的萧艾啊？[①]

·岂其有他故兮？

难道有别的缘故么？

·莫好修之害也。

只是由于他们不肯自爱的结果哟！

·余以兰为可恃兮，

我以为兰花是最为可靠，

·羌无实而容长。

谁知它没有骨气，虚有其表。

·委厥美以从俗兮，

它放弃了自己美好的本质，从俗浮沉。

·苟得列乎众芳。

如何能说：它也算是一种芳草？

① “萧”，蒿草，学名为 Artemisia capillaris。

·椒专佞以慢慆兮，

至于椒花，或尔谄媚，或尔骄傲，

·榝又欲充乎佩帏。[①]

臭恶的榝草，也意图被装进荷包。

·既干进而务入兮，

它们既然是醉心钻营于利禄和地位，

·又何芳之能祗?[②]

那么还有什么芬芳可以振起?

·固时俗之流从兮，

固然时俗是习惯于随波逐流的，

·又孰能无变化?

谁能不受外来的影响而发生变化呢?

·览椒兰其若兹兮，

你瞧，兰和椒尚且如此，

① “榝”，即茱萸，学名为 Evodia rutaecarpa，似椒而非。

② 原文:“又何芳之能祗”，旧注不明，王引之云:“祗之言振也，言干进务入之人，委蛇从俗，必不能自振起其芬芳。祗与振，声近而义同，故字或相通。”绎文从之。

· **又况揭车与江离?**

揭车草和江离更不必多说了。

· **惟兹佩之可贵兮,**

唯有我所佩带的,是可以宝贵的,

· **委厥美而历兹。**

它的美纵然一直到现在被人蔑视;

· **芳菲菲而难亏兮,**

可是,它郁烈的芬芳究竟是不容消减的。

· **芬至今犹未沫。**

不是吗?那发出的香味儿到今天还没有停止。

· **和调度以自娱兮,**

环佩叮当地谐和地自我欣赏自求欢娱,

· **聊浮游而求女。**

姑且继续我流浪的生涯,寻觅我理想的对象。

· **及余饰之方壮兮,**

趁我的装饰还很壮美的时候,

· **周流观乎上下。**

我要上天下地,四处观望。

·灵氛既告余以吉占兮，

灵氛既然给予我正确的启示，

·历吉日乎吾将行。

挑选好日子，我将要启程。

·折琼枝以为羞兮，

折下琼树的枝条作为路菜，

·精琼靡以为粻。

磨出美玉的细屑作为干粮。

·为余驾飞龙兮，

替我驾上飞龙似的马，

·杂瑶象以为车。

装饰我车乘的，是瑶玉和象牙。

·何离心之可同兮？

正因为两颗不同的心灵不能使它们勉强靠近，

·吾将远逝以自疏。

于是，我只有到远方去，排遣自己的苦闷。

·邅吾道夫昆仑兮，[1]

① “昆仑”，山名，在中国西北。相传昆仑山高一万一千里。

清·门应兆作

为余驾飞龙兮，杂瑶象以为车。……麾蛟龙使梁津兮，诏西皇使涉予。

将我的行程转向昆仑，

·**路修远以周流**。

那流浪的路啊，又是那么辽远……

·**扬云霓之晻蔼兮，**

举起霓虹的旌旗，几乎把日光都给掩住了。

·**鸣玉鸾之啾啾**。

车子上的鸾铃叮叮当当地响了起来。

·**朝发轫于天津兮，**[①]

早晨，打天河的渡头起程，

·**夕余至乎西极**。[②]

晚间，我到达了西方的边地。

·**凤凰纷其承旂兮，**

一路上凤凰展开翅膀回护着我的旗帜，

·**高翱翔之翼翼**。

它高高地自由自在忽上忽下地飞着、飞着……

① 原文："天津"，即天河，又名汉津，在箕斗之间。

② 原文："西极"，是天的最西处。

·忽吾行此流沙兮，[①]

忽然间，行程通过流沙，

·遵赤水而容与。[②]

又沿着赤水迂徐地前进。

·麾蛟龙使梁津兮，

我扬起手命令蛟龙替我架起桥梁，

·诏西皇使涉予。[③]

招呼那西方的国王——少皞，来领我渡过河去。

·路修远以多艰兮，

路是那么长而且崎岖……

·腾众车使径待。

传令先行的众车在小道上等待我一会儿。

·路不周以左转兮，[④]

路过不周山再向左转折，

---

① 流沙，传说沙流如水的地方。朱熹注："沈括云，尝过无定河活沙，履之，百步皆动，如行幕上。或陷，则人马车驼以百千数无孑遗者，或谓此即流沙也。"

② "赤水"，出昆仑山。

③ 原文："西皇"，是西方的天神，即帝少皞。

④ 不周山，传说在昆仑山的西北，因此山有缺，故名不周。

·**指西海以为期**。[1]

遥指西海作为我的目的。

·**屯余车其千乘兮，**

我们的车从集中了一千多乘，

·**齐玉轪而并驰**。

玉制的车轮并驾齐驱。

·**驾八龙之蜿蜿兮，**

我驾上八头蜿蜒的高头龙马，

·**载云旗之委蛇**。

插上如云的旗帜，随风招展。

·**抑志而弭节兮，**

且按压住这一腔跳动的心，拉住辔头缓缓地行哟！

·**神高驰之邈邈**。

我健旺的精神恍惚在另一个更高的世界里昂然前进。

① “西海”，西极的海。

清·门应兆作

驾八龙之蜿蜿兮，载云旗之委蛇。……奏九歌而舞韶兮，聊假日以媮乐。

·奏九歌而舞韶兮，[①]

夏启时代的九歌和韶舞也演奏起来了，

·聊假日以婾乐。

趁着这闲暇的时日，我觅取到一点快乐。

·陟升皇之赫戏兮，

我升上了光和热交织的太空，

·忽临睨乎旧乡。

我的视线忽而接触到我下界的故乡。

·仆夫悲，余马怀兮，

马夫都不禁悲伤起来，马也踟蹰留恋，

·蜷局顾而不行。

只是低垂着头，又不时回顾着，不肯前进。

·乱曰：[②]

---

① 郭沫若师谓："九歌乃启乐，韶即九韶，乃启舞。《大荒西经》：'天穆之野高二千仞，开（即启）焉（爰）得始歌九招'。郭璞注引《纪年》：'夏后开舞九招'。"九招即九韶，《竹书纪年》亦谓夏后启舞九韶。故不采王逸所谓："九歌禹乐，韶舜乐"的说法。

② 原文："乱曰"，王逸旧注认为："乱，理也。所以发理词旨，总撮其要也。屈原舒肆愤懑，极意陈词，或去或留，文采纷华，然后结括一言，以明所趣之意也。"后人颇多不满于乱理反训之解。蒋骥云："旧解解乱为总理一赋之终。今案

尾声：

·已矣哉！

完了，算了吧，还有什么可说的呢？

·国无人，莫我知兮，

没有人的祖国，自然不会有人能理解我，

·又何怀乎故都？

我又何必苦苦地对于她，不能放弃我缱绻的怀念呢？

·既莫足与为美政兮，

既然没有人能与我具有共同的政治理想，

·吾将从彭咸之所居。[①]

那么像彭咸的身世便是我的归宿了。

离骚二十五篇，乱词六见，惟《怀沙》总申前意，小具一篇结构，可以总理言。《骚经》《招魂》，则引归本旨；《涉江》《哀郢》，则长言咏叹；《抽思》则分段叙事，未可一概论也。余意乱者，盖乐之将终，众音毕会，而诗歌之节，亦与相赴，繁音促节，交错纷乱，故有是名耳。孔子曰'洋洋盈耳'，大旨可见。"郭沫若师则谓："乱即是辞之古字，古金文，多用为司，以治为义。凡古书中乱字含相反之治义者，均是本字本义。其相反之字当作'𤔲'，后世失传，又误以'乱'字为之，而'乱'字之本义遂完全颠倒。文末系以'辞曰'以作尾声，与《抽思》之'少歌曰''唱曰'义例相同，亦正楚辞之名之所由得。此义二千余年后始得揭发，亦一快事。"我觉得蒋说亦颇能令人首可，绎文作尾声，从蒋说亦甚允当。

① 原文："从彭咸之所居"，意思乃是从彭咸于地下。余见第16页注①。

附录一

屈原和他的诗篇《离骚》

屈原，这位伟大的中国诗人，他所生活的年代，距今已有二千二百多年。他光辉的名字的存在，不仅是证实了祖国悠久的文学传统是一股永恒的热爱人民的洪流，而且通过他那些以不朽的精诚（爱祖国、爱人民）所铸造的诗篇的感召和教育，在我们瑰玮的文学史上，产生了一连串光荣的代表人物，这便是贾谊、司马迁、杜甫……

诗人的存在，是我们祖国的骄傲之一。

屈原，生于纪元前三四〇年，他的时代乃是中国史家所谓的战国时代。他出身于与楚王同姓的贵族家庭。熊槐（楚怀王）在位时，曾经做过地位仅只低于令尹（即丞相）的“左徒”。熊槐本来对他相当信任，他办了许多有利于国计民生的事。后来遭到同僚的嫉妒，加上他在对待秦国的政见上和主张妥协的群小发生冲突，因而，受到接连的毁谤和陷害。忠贞的屈原眼看到楚、齐的邦交被离间，自己的国家陷于孤立。国内是奸佞当权，而敌国的游说之士却在不止休的横行作祟，真是痛心万分。后来，熊槐自食恶果，被骗囚死在敌人秦国的土地上。纪元前二九八年，熊槐的儿子熊横（顷襄王）即位，这个软弱低能的人，忘记了他父亲所遗留给他的血的教训，恬不知耻求媚于敌国，听信那一批奸佞的谗言，把屈原流放到远方去。从此我们的诗人一直过着上十年的长期流浪生活，没有召回的希望。这期间，秦国不时用武力来“酬谢”熊横的求媚，楚国兵挫地削，国势危殆。当纪元前二七八年，屈原已经是六十二岁了，他随着大批由于战乱流徙的灾民被迫流亡到了长沙的北部。他强烈的民族自尊心使他不能苟活，他深沉的爱民心使他痛苦万分，终于，在这一年的端午，自沉汨罗江而死。他遗留给我们二十来篇用悲剧的一生所换取的光辉的诗篇，正和他自己所赞美一样：

"与天地兮同寿，与日月兮齐光！"

屈原最负盛名的代表作是《离骚》，这不仅是诗人自己最为杰出的诗篇之一，也应该是中国甚或是世界诗史上最伟大的经典著作之一。从皮相看也许它不如《九歌》那样飘举，也不像《九章》中某些篇什的质实。甚至也没有《天问》的惊险和《招魂》的紧凑瑰丽。但，如果细心地读下去，我们就会被那一股又一股的奇光异彩所产生的魅力抓住，发现它具备上述诸篇什的长处。如果再往深处看，我们被感动得就更深切。这就是贯串在全篇里的那一种由于伟大的爱国爱民的品质所燃烧起来的力量，这种愈烧愈炽烈的力量，震撼了我们。无论它在章节中作怎样的盘旋和变化，无论是忽而天上，忽而人间，但始终是宣泄着他那股热爱祖国、热爱人民的精神——向往真理、向往光明；同时，怨愤地诅咒着虚伪、诅咒着黑暗。一句话，《离骚》这首伟大的抒情长诗之所以不朽，是由于屈原把他那种高贵的品质，度给了我们；同时，他在一定的历史限度内，忠实地透露了他在斗争过程中所产生的心理矛盾，从某一个角度看，也正是那个特定时代的矛盾。

《离骚》中表现了诗人的政治理想：这个政治理想的主要内容，是尊重人民的开明政治。因此他不止一次地赞美着尧、舜……赞美着能多为人民着想的贤明的人；诅咒着桀、纣……这些倒行逆施、暴虐无道、置人民利害于不顾的君王。诗人认为主宰我们的是真理，不会倾向于寡德于人民的人。而国君的能否不倒台，主要的是取决于国君本身是否能实践人民的愿望：

"皇天无私阿兮，
览民德焉错辅。
夫惟圣哲以茂行兮，
苟得用此下土。"

又直截了当地说：

“夫孰非义而可用兮，

孰非善而可服？”

这一类的话，对于当时的楚国昏聩的统治者是有尖锐的现实意义的。何况，诗人对楚王熊槐父子的不能了解人民的甘苦也曾提出他的谴责：

“怨灵修之浩荡兮，

终不察乎民心。”

“荃不察余之中情兮，

反信谗而齌怒！”

这一类怨君之辞，不时在这首长诗中透露着，从这一方面看，我们也可以想见我们这位贵族出身的古诗人爱民心的深厚了；就由于深厚的爱民，当时贵族集团又极端腐化，他就极力主张选拔贤才，他并认识到真正的贤才，往往是产生在被当时所认为的“贱民”当中。他说：

“说操筑于傅岩兮，

武丁用而不疑。

吕望之鼓刀兮，

遭周文而得举。

宁戚之讴歌兮，

齐桓闻以该辅。”

他的这种理想在当时是不可能实现的，他是处于一个不幸黑暗的悲剧时代，他意识到自己和这个时代不能相容，因此他说：

“何方圜之能周兮，

夫孰异道而相安？”

“世混浊而嫉贤兮，

好蔽美而称恶。”

乃至痛切地唱起：

“曾歔欷余郁邑兮，

哀朕时之不当。”

这好像是绝望的声音了。但诗人并不曾绝望,当无是非、无黑白的人间压迫得他无处容身时,他放开他幻想的马:

“路漫漫其修远兮,吾将上下而求索。”

飞到天上去印证真理,他高傲地驱使群神。但天上正是地上的影子,天国看门的人也闭而不纳,懒得理睬他:

“吾令帝阍开关兮,倚昌阖而望予。”

天国和地上同样的寂寞。这样,诗人就更感到痛苦了:

“忽反顾以流涕兮,

哀高丘之无女。”

苦闷,追求,幻灭,诗人纵或插上巨大的翅膀,他浪漫的精神纵能一次又一次的上穷九天,但他不能也不忍不回到现实的灾难深重的祖国的土地上来。连想象中跟随他的马夫和马匹,也同样被他那股深厚爱国的情绪所渲染:

“陟升皇之赫戏兮,

忽临睨乎旧乡。

仆夫悲,余马怀兮,

蜷局顾而不行。”

《离骚》中有好几处提到死,但这不应作消极的理解,如:

“伏清白以死直兮,

固前圣之所厚。”

“亦余心之所善兮,

虽九死其犹未悔。”

“宁溘死以流亡兮,

余不忍为此态也。”

“阽余身而危死兮,

览余初其犹未悔。”

所谓“死直”,就是死于正义。所谓“九死未悔”,乃是指“余心所善”,善是指真理。所谓“此态”,乃是指软媚取容。所谓“危死”,乃是指纵使遭遇到危险而死,不能改易自己一往的志愿。总之,宁死不屈,爱人民,爱祖国便是《离骚》全篇的主导精神,也是我们伟大的诗人的基本精神。

一九五三年五月二十四日拂晓匆草

——原载:《新观察》

附录二

《离骚》韵读

屈赋与《诗经》的音读已略有不同。总之,那时并无所谓韵部,各以方音,取其谐适。清代的学者多以广韵绳之。有的以为部近可通,遇到实在不可通的,则又以为是合韵。这种办法,是很难令人满意的。例如成周时凡入声字大半读去声。最显著的是支、脂、之与鱼、虞、模韵都通用。所以死抱着韵书,恐怕是很难解决问题的。

从屈赋的韵读,我们可以上窥周、秦、西汉声音之变。到东汉则古音已经亡失得很多。而现在的声音大概比较和唐代的距离得不太远。

本篇以《离骚》为例,根据上述的原则,将它的韵读,列举如次,以供参考:

庸降韵降读洪	名均韵
能佩韵能读以,佩读邳	与莽韵莽读补
序暮承上韵	度路承上韵
在茝韵在从才声,茝从臣声	路步韵古诗不避重韵,下不悉注出
隘绩韵隘读翳,绩读志	武怒韵
舍故承上韵舍读若舒。曰黄昏以次两句衍文	他化韵他读拖
亩芷韵亩读每	刘秽韵
索妒韵索读素	急立韵
英伤韵英读央	蕊缅韵蕊读菡
服则韵	涕替韵原长太息句在上,失韵。故改。以为借韵者非
茝悔韵	心淫韵

错度韵错音措

然安韵

反远韵

裳芳韵

荒章韵

予野韵野读墅

情听韵

纵巷韵巷读弄

忍陨韵

差颇韵差读磋

极服韵

当浪韵

圃暮韵

桑羊韵

夜御韵夜读裕

伫妒承上韵

佩诒韵诒读迨

迁盘韵盘读便

下女韵

可我韵

固恶韵恶读污

两之字韵心占暗韵莫心二字原作一慕字，据郭校改

宇恶承上韵古善恶之恶与好恶之恶同一读

当芳韵

两也字韵时态暗韵态读以

诟厚韵

息服韵

离亏韵离读罗，亏读科

恒惩韵

节服韵节读暨，服读蔽，以为无韵者非

兹词韵

狐家韵家读姑

殃长韵

辅土韵

悔醢韵醢读以

正征韵

迫索承上韵迫读布，索读素

属具韵

下予承上韵

马女承上韵马音武

在理承上韵在从才声

游求韵

好巧韵好读窍

遥姚韵

寤古承上韵

两女字韵

异佩韵

疑之韵

迎故韵迎读瘖
媒疑韵媒读迷
央芳韵
留茅韵茅读侔
长芳韵
化离韵离读罗
女下韵
车疏韵
极翼韵
待期韵待读侍
邈乐韵乐读捞
都居韵

同调韵调读同
举辅韵
两之字韵折蔽暗韵折读制
两也字韵艾害暗韵
帏祇韵帏读怡
兹沫韵
行粻韵行读杭
流啾韵
与予韵
驰蛇韵驰读驼，蛇读它
乡行韵

附录三

《离骚》这首令人目眩的伟大的抒情长诗,反复地透露着对光明的憧憬,对芳菲的向往,这乃是发自诗人屈原热爱人民的高尚的情致。从表面上看,这诗篇中似乎有太多的有关诗人自我的表现。但由于他的所谓自我乃植根于灾难重重的人民的灵魂深处,因而它所宣泄的便不能被理解为,只是局限于个人而已。恰巧相反,它在一定的程度内,比《九章》及屈原的其他作品,更多地、更集中地反映了他所处身的那个特定时代的历史要求。我认为这一点是对《离骚》其诗的基本认识和估价。

感谢我最为亲切的朋友屯阳,通过他的启发,使我能较为深入地理解了《离骚》,同时,我也就有幸更懂得如何热爱着我们的人民诗人屈原了。约莫算去,几乎将近二十年;这么悠长的岁月,我对屈原的尊敬与热爱,始终是与日俱增的,他始终成为我生活的动力之一。虽然开始接受这样盘旋激荡的诗篇时,我所凭借的只是一股稚气。但,这一片音流所洋溢着的一贯的精诚,竟冲破了黑暗的历史的帷幔,挣出了人类崇高的永恒的情操。它替我们证实了:自私的贪婪的樊篱必然会被永生的熊熊的火焰所烧毁。我不能不爱这首诗——我竟为它振奋得流泪……

移绎《离骚》是我这些年来,从来未敢忘怀的工作之一。我曾经先后校改过二十多遍。总觉得要想通过绎诗,来表达原作全篇的节奏,是一件力不从心的事情。基本条件在于能掌握原作的感情的内在旋律。这个所谓基本条件又干系到许多更枝节的问题,在在需要引起我们适当的注意。例如韵读,我们姑且根据陈第的《屈宋古音义》来作一次统计:《离骚》全文共一百八十八韵,同韵读的有多至五重韵,而转韵也不少,通篇竟共转八十六次之多。这不单是所谓形式问题,作为一个企图以新体诗再现《离骚》的人,他有什么理由忽略这颗发自伟大的诗人的心脏搏动的音速的缓急呢?举此一端,也足以说明我的绎诗窳陋。

——我把这窳陋的绎诗搁置了好些年,其间纵一再修饰,无奈,浓淡参差,百不惬意,虽曾几度废稿重绎,自视也难做到尽如己意。

今年,因为是屈原的二二三〇年忌。五月份我正旅居上海,我的好友唐弢先生,把我这首绎诗在《文艺月报》上发表了。发表后,心头简直有说不出的况味。我解嘲地想:是非还是多求教读者吧,老锁在抽屉里总不是事儿。同时,对于一般不习惯阅读原诗的年轻朋友,通过读绎诗的印象,进而引起直扣原作的兴趣,不是多少也还有些作用么?绎诗既经一次露脸,又经过几位朋友的鼓舞,我也就一不做二不休,爽性让它出一个单行本。这便是这册小书出版的经过。希望热情的读者朋友们,能随时对我这种寻绎或抽绎的办法多提意见,哪怕是一字一句也好。我盼望意见收集得多了,有另一次重加编织的幸福。

我永远不能忘记:三年前一个冬天的晚上,气候骤降至零下十多度。述麟病后彻宵替我赶抄《离骚今绎》的某一次定稿,因为费德林先生约定次日问我索取该稿副本,俾作移译成俄文时的参考之用。而述麟竟因此又病倒了两天。我给予述麟的,除去请他忍受抄阅那拙劣的绎诗以外,竟没能找出任何的话头作为慰安。我相信述麟确是关心这册小书的,权以此书出版,祝述麟身心健康。虽然近两年来始终没有能见到他。又,本书原稿曾请郭沫若师及游国恩先生代为校阅,得到帮助不少,特此致谢。

一九五三年十二月一日于北京聆喃堂

原《屈原〈离骚〉今绎》后记

九歌今繹

东皇太一

题解

太一，星名。天上的尊神。祠于楚东，以配东帝，故称东皇。本篇乃祭东皇太一的诗歌。内容描写祭者及灵巫的装束，祭堂的陈设，祭品的芳洁和音乐的繁盛等……

·【原文】·**吉日兮辰良，**

【绎文】这是一个好日子，也是一个好时光，

·**穆将愉兮上皇。**

大家又虔诚又欢愉地祝告上苍。

·**抚长剑兮玉珥，**[①]

我手持长剑的把柄，

·**璆锵鸣兮琳琅。**

金玉齐鸣，叮叮当当。

---

① 我，是指主祭者。

明·萧云从作

·瑶席兮玉瑱，

玉镇压着瑶石般的地席，铺在神座下方，

·盍将把兮琼芳。[①]

又把那琼花摘下，作为献神的馨香。

·蕙肴蒸兮兰藉，[②]

蕙草包着祭肉，垫着兰草芬芳，

·奠桂酒兮椒浆。

敬斟起一杯桂酒，又是一杯椒浆。

·扬枹兮拊鼓，

举起槌儿，鼓声镗镗，

·疏缓节兮安歌。

舒缓的节奏伴奏着低沉的歌唱。

·陈竽瑟兮浩倡。

---

① 原文："盍将把兮琼芳"的"盍"字，王逸章句解为"何不"，不很妥切。闻一多校补以为"盍"即"合"字的意思，因为琼是玉镇，芳是瑶席，所以说"盍（合）将把……"俞曲园先生的《读楚辞》则以为"盍"是语词，绎文从俞说。

② 蕙，南方草木状蕙，一名薰草，王注从之，则非《尔雅翼》一干一花而香有余之蕙。薰，兰科香草，学名为 Cymbidium pumilum。兰，学名为 Eupatorium japonicum。荀子《劝学》篇云："兰槐之根是为芷。"可知兰芷皆非今日所称之兰花 Cymbidium。

接着，竽呀瑟呀织成一片交响。

·灵偃蹇兮姣服，

巫女缓缓起舞，她们穿着美丽的衣裳，

·芳菲菲兮满堂。

浓郁的芳香，充满一堂。

·五音纷兮繁会。

乐声飞扬，渐渐错杂齐响。

·君欣欣兮乐康！

神啊！你多么愉悦而又健康！

云中君

题解

云中君为云神。云神一名屏翳。本篇乃祭天上云神的诗歌,叙祭者沐浴以招云神,神降临为时短暂,又返回云中。于是祭者为之太息。全篇着重祭者对于云神的想象和思念的描写。

·【原文】·**浴兰汤兮沐芳,**

【译文】我沐浴了芳馨馥郁的兰汤,

·**华采衣兮若英。**

我把扶桑的花插在我美丽的衣服上。

·**灵连蜷兮既留,**

云神啊!多谢你肯到这儿徜徉,

·**烂昭昭兮未央。**

已经多么灿烂啊,天还没有亮。

明・萧云从作

·**蹇将憺兮寿宫，**[1]

云神啊，你安详地降临到祷堂，

·**与日月兮齐光。**

你的光辉有如太阳和月亮。

·**龙驾兮帝服，**[2]

坐着龙车，穿着帝王服装，

·**聊翱游兮周章。**

你在九天舒缓地翱翔。

·**灵皇皇兮既降，**

云神啊！你辉煌地向人间下降，

·**猋远举兮云中。**

一刹那，你又飞回到天上。

① 原文："寿宫"，供神之所。《汉书·郊祀志》曾提到汉武帝"置寿宫以礼神君"，可以为证。

② 原文："帝服"，武延绪以为帝疑为虎之讹字。他说："上文已言采衣，此不应又称帝服。帝服之服，即诗两服上襄之服也。……此专言虎服，犹河伯章专言骖螭也。骖服二字可以分用，此其确证。"（见武氏《楚辞札记》卷一）说甚新颖。其实，上文采衣可释为迎神之巫的自指，此处帝服乃指扮神之灵巫。或疑帝为离字之讹，离即螭也，与帝隶书形近。我认为这种因置疑而求诸改字的办法，是特别要慎重的。故绎文不从。

·览冀州兮有余，[1]

你的光明不仅照耀中土，

·横四海兮焉穷？

更充溢四海——无穷无疆。

·思夫君兮太息，

想念你啊，我叹息忧伤，

·极劳心兮忡忡。

我的心啊，永远在忐忑彷徨。

① 原文："冀州"，古地名，居九州之中，绎文作"中土"，亦即四海之内的意思。

湘　君

题解

湘君为祭湘水神的诗歌。湘君与湘夫人本配偶神。相传帝舜死于苍梧，葬于九嶷，其地在湘水流域。舜的二妃——娥皇、女英是帝尧的女儿。闻舜野死而奔丧，亦死于江湘之间。故民间传说帝舜为湘水男神，号湘君。二妃为湘水女神，号湘夫人。本篇作湘夫人思念湘君，一种期之不来，求之不得的语气。

·【原文】·**君不行兮夷犹，**

【译文】湘君啊！为什么犹豫不肯来啊？

·**蹇谁留兮中洲？**

为什么还在那水洲的中间徘徊？

·**美要眇兮宜修，**[①]

我打扮得这般美好，

---

① 闻一多谓："疑(原文脩字)当作笑，古音笑在宵部，脩在幽部最近。宜读为齤，露齿貌。古人形容美貌，独重视笑。"案笑之误脩，可能展转形误，笑与筊形似，茇者篠之别文，见屈子有好脩之言，遂又读篠为脩欤？

明・萧云从作

· **沛吾乘兮桂舟。**[1]

乘着桂舟顺着急流来迎迓你啊！

· **令沅湘兮无波，**

请你命令沅湘二水不要掀起凶险的风波，

· **使江水兮安流。**

让江水平平稳稳地流过。

· **望夫君兮未来，**

可是你哟，干吗还不来？

· **吹参差兮谁思。**[2]

我在吹着排箫寄托我的悲怀啊！

· **驾飞龙兮北征，**

我驾着飞龙之舟北行，

· **邅吾道兮洞庭。**

回转我的道路向洞庭。

① 桂，樟科香木，学名为 Cinnamomum cassia。

② 原文："参差"，即排箫，古乐器。相传帝舜所造，像凤翼参差不齐的形状，故名参差。旧注为洞箫，非是。

·薜荔柏兮蕙绸，[①]

我把蕙草束着薜荔，装饰我的船舱，

·荪桡兮兰旌。[②]

把香荪作为船桨，芳兰的旌旗在飘扬。

·望涔阳兮极浦，[③]

遥望水滨的涔阳——那辽远的地方；

·横大江兮扬灵。[④]

我驾着挂帆的扁舟，横渡大江。

·扬灵兮未极，

可是那扁舟横渡，真不容易，

---

① 薜荔，藤本植物，学名为 Ficus pumila。

② 荪，即溪荪，鸢尾科山原生香草，学名为 Iris sibirica var. orientalis。可能即是荃。戴震以为荃一名白昌，菖蒲的一种。学名未详。

③ 涔阳，地名。大概因在涔水之北得名。涔水，《水经》上说："澧水又东过'作唐县'北。"《水经注》谓："澧水入县左合涔水，水出西北'天门郡'界，南流径'涔坪屯'，屯堨'涔水'溉田数千亩。又东南流注于澧水。"《澧州志》谓："涔水为岷江别派，从'公安'入境为'四水'口，又东南流过'焦圻''一箭河'至'汇口'入'澧'，故称'涔''澧'。"

④ 原文："横大江兮扬灵"，灵是舲或舲的同音假借字。说见王夫之《楚辞通释》。旧解为精灵，不妥。

· **女婵媛兮为余太息**。

那温柔而体贴的女伴啊，为我叹息。

· **横流涕兮潺湲，**

我涕泣横流，像流水似的，

· **隐思君兮陫侧**。

我是悲痛地在思念着你。

· **桂櫂兮兰枻，**[1]

我划着桂桨和兰楫，

· **斲冰兮积雪**。

敲打着河上的冰雪。

· **采薜荔兮水中，**

我好比向水里去采山中的薜荔，

· **搴芙蓉兮木末**。[2]

——到树顶去采水里的芙蓉。

· **心不同兮媒劳，**

① 原文："兰枻"，此兰应指木兰。

② 芙蓉，即荷莲，学名为 Nelumbo nucifera。

我们的心意不同，媒人徒劳无功，

· **恩不甚兮轻绝。**

我们的爱情不深，决绝这般匆匆。

· **石濑兮浅浅，**

看哪！石滩的水是那么飞溅，

· **飞龙兮翩翩。**

水中的飞龙是那么蜿蜒。

· **交不忠兮怨长，**

交情不忠诚啊，你使我的怨恨长，

· **期不信兮告余以不闲。**

约期不守信啊，你告诉我由于不得空闲。

· **鼌骋骛兮江皋，**

早晨，我驾着车子在江上往来，

· **夕弭节兮北渚。**

黄昏，我又在北方的水边徘徊。

· **鸟次兮屋上，**

只见那鸟儿居留在屋上，

· **水周兮堂下。**

流水围绕在堂阶。(你在哪儿啊?)

· **捐余玦兮江中,**

我把玉玦抛向江心,

· **遗余佩兮醴浦。**

佩玉放在醴水之岸。

· **采芳洲兮杜若,**[1]

我采撷那芳洲上的杜若,

· **将以遗兮下女。**

打算送给你的女伴。

· **时不可兮再得,**

唉,时光是不可再得了,

· **聊逍遥兮容与。**

姑且放宽心怀等待。

① 杜若,香草,学名为 Pollia japonica。

湘夫人

题解

本篇为祭湘水女神的诗歌。全篇作湘君思念湘夫人那种望之不见,遇之无因的语气。与前篇针锋相对。对照便可了然。(关于湘君与湘夫人为配偶神的论据,可参阅游国恩:《读骚论微初集》页一四三。)

·【原文】·**帝子降兮北渚,**

【绎文】高贵的公主——湘夫人啊!你降临在北岸的水旁,

·**目眇眇兮愁予。**

用尽我的目力我却看不清爽,使我无限忧伤。

·**嫋嫋兮秋风,**

这时,微微地起来一阵秋风,

·**洞庭波兮木叶下。**

洞庭湖上皱起波纹,树上的黄叶随风飘扬。

·白薠兮骋望，[①]

我爬上长着白薠的高处纵目张望，

·与佳期兮夕张。

很想在同你约会的时间，张设黄昏的罗帐。

·鸟萃兮蘋中，[②]

真奇怪，为什么只见那山鸟聚在水蘋丛生的地方，

·罾何为兮木上。

渔网反而挂在树梢上？

·沅有茝兮醴有兰，

沅水边有香茝茂盛，醴水上有幽兰芬芳，

·思公子兮未敢言。

我思念你哟，可我不敢倾吐衷肠。

·荒忽兮远望，

远望是仿仿佛佛，渺渺茫茫，

① 薠，为陆生之草。《淮南子·览冥》篇云："路无莎薠"，可证。殊别于水生的薠草。《说文》谓："薠，青薠似莎者。"学名未详。

② 白蘋，水草，学名为 Hydrocharis asiatic。

·观流水兮潺湲。

只见那滔滔不绝的流水，一片汪洋。

·麋何食兮庭中？

更奇怪，那野地里的麋鹿为何在庭中吃东西？

·蛟何为兮水裔？

蛟龙为何又在浅水的边上游戏？

·朝驰余马兮江皋，

拂晓，我在江畔驰骋车马，

·夕济兮西澨。

到傍晚，我渡过西方的水涯。

·闻佳人兮召予，

我恍惚听说，夫人啊！你在召唤着我，

·将腾驾兮偕逝。

我将刻不容缓地飞奔着我的车驾。

·筑室兮水中，

我愿盖一所住房在江水之中，

·葺之兮荷盖。

房上铺满了荷叶做帐篷。

· **荪壁兮紫坛，**[1]

用荪草装饰墙壁，用紫贝砌成高坛，

· **播芳椒兮成堂。**[2]

敷墙的白粉中散播芳椒，四壁芬芳。

· **桂栋兮兰橑，**[3]

以桂树为栋，木兰为橑，

· **辛夷楣兮药房。**[4]

用辛夷作门梁，白芷作卧房。

· **罔薜荔兮为帷，**

帷帐是薜荔之网，

· **擗蕙櫋兮既张。**

屋联是蕙草之香。

· **白玉兮为镇，**

---

① 荪，即溪荪，鸢尾科山原生香草，学名为 Iris sibirica var. orientalis。

② 成，即盛，是说用白垩涂堂壁。椒，即花椒，芸香科有刺灌木，学名为 Zanthoxylum simulans。

③ 木兰，学名为 Magnolia denudata；乃美丽的乔木。

④ 辛夷，木兰科乔木，产于楚地，学名为 Magnolia liliflora。芷，又名泽芬，一名芳香。

更有那白玉的镇席，

·**疏石兰兮为芳**。

空气中石兰的香气荡漾。

·**芷葺兮荷屋，**

荷屋上盖着香芷，

·**缭之兮杜衡**。[1]

四周围束着杜衡。

·**合百草兮实庭，**

满庭是百草之华，

·**建芳馨兮庑门**。

芳馨结集在门庑上。

·**九嶷缤兮并迎，**[2]

九嶷山上的诸神都要来欢迎我们，

·**灵之来兮如云**。

诸神缤纷下降，如同天上的云一样。

① 杜衡，长在山中阴地，马兜铃科。学名为 Asarum Blumei。

② 九嶷，山名，亦作九疑，又名苍梧山，帝舜葬处，在今湖南省境。

·捐余袂兮江中，

把我的衣袖抛到江心，

·遗余褋兮醴浦。

把我的单裙放在醴水之津。

·搴汀洲兮杜若，

我采取水洲上的杜若，

·将以遗兮远者。

将它赠给那遥远的人。

·时不可兮骤得，

唉，时光是不可再得了，

·聊逍遥兮容与。

姑且放宽心怀等待。

大司命

题解

大司命，星名。司命星凡二，故有大司命与少司命之别。从文辞上看，大司命星是生命的主宰神，能诛恶护善，权威很大。本篇乃祭大司命神的诗歌。

【原文】 **广开兮天门，**

【绎文】 敞开了天国的禁门，

纷吾乘兮玄云。[①]

大司命之神啊，你驾乘着那涌现的一片玄云。

令飘风兮先驱，

你命令旋风作先行，

使冻雨兮洒尘。[②]

---

① 本篇人称代名词的问题，颇为学者所聚讼。王夫之云：“称吾称君，皆神也。自歌者言之称述君，述神之意称吾，错举互见意，故释者多惑焉。”此说甚精辟。故绎文中人称代名词，视文谊而定，对勘时不必拘泥。

② 《山海经》纪群神出入，必以飘风暴雨，疑为此之所本，以见生命主宰神之威棱。

你派遣暴雨替你洒除空中的灰尘。

· **君回翔兮以下，**

你盘旋而又飘然降临，

· **逾空桑兮从女。**

我越过空桑山追随着你——大司命之神！

· **纷总总兮九州，**

多么广袤多彩的世界啊，

· **何寿夭兮在予？**

为什么你有权操纵人们的寿命？

· **高飞兮安翔，**

你在高空安详地翱翔，

· **乘清气兮御阴阳。**

你驾乘着天地的清气，让日月替你赶着车子。

· **吾与君兮齐速，**①

我紧紧地追随着你，

---

① 原文："齐速"，王逸章句本作"斋速"，据朱熹集注本改为"齐速"。朱注："齐速，整齐而疾速也。"

明 · 萧云从作

·导帝之兮九坑。

在九州的山脊，迎迓着上帝。

·灵衣兮被被，

我穿着长大的神衣，

·玉佩兮陆离。

身上是宝玉的佩饰，多么美丽。

·壹阴兮壹阳，[①]

一会儿阴晦，一会儿光明——若隐若现，

·众莫知兮余所为。

谁也不了解我在干什么东西。

·折疏麻兮瑶华，

折下白玉般可以延寿的仙花，

---

① 原文："壹阴兮壹阳"，游国恩以为一阴一阳犹言一死一生。说亦可通，盖本王逸："阴主杀，阳主生，言司命常乘天清明之气，御持万民死生之命也。"蒋骥曰："阴阳气之阖辟也。"译文从蒋。

·将以遗兮离居。[1]

我将要遗赠给那遥远的故人。

·老冉冉兮既极，

生命已濒于垂暮的边境，

·不寖近兮愈疏。

更疏远了，如果我不和你稍趋接近。

·乘龙兮辚辚，

大司命之神！你乘坐龙车，其声辚辚，

·高驰兮冲天。

你上天，你向太空驰骋。

·结桂枝兮延伫，

我手持桂枝，站在那里发愣，

·羌愈思兮愁人。

我越想越感到愁闷。

① 原文："离居"，戴震云："离居，谓前相从，而今离隔者也。"

·愁人兮奈何?

忧愁的人哟! 有什么办法呢?

·愿若今兮无亏。

虽然,我愿意像今天的感情一样,永无亏损。

·固人命兮有当,

我明白人生各有一定的遭遇和环境,

·孰离合兮可为?

谁能够预先安排世间聚合和离异的命运?

少司命

题解

少司命，星名。本篇乃祭少司命神的诗歌。从文辞上看，少司命神所主管的是人们的子嗣，即孩子们命运的主宰神。

·【原文】·**秋兰兮蘼芜，**[1]

【绎文】秋天的兰草和芬香的蘼芜啊，

·**罗生兮堂下。**

茂密地在堂前满布着。

·**绿叶兮素枝(华)，**

绿油油的叶子，白色的花朵，

·**芳菲菲兮袭予。**

---

① 蘼芜，即白芷。王夫之云："蘼芜当归苗，芳草，生于堂下，喻人之有佳子孙，晋人言芝兰玉树，欲其生于庭砌，语本于此。"《小雅·斯干》，序以为宣王考室，细绎其文，则祝周王生子之诗也。而前有句，如竹苞、松茂，此言秋兰蘼芜，即诗竹苞松茂之颂也。抑有进者，《左传·宣公三年》传曰，郑文公妾燕姞梦天使与己兰曰：余而祖也，以是为而子，以兰有国香，人服媚之，如是，则兰为生子之符明矣，故下文仍以秋兰起兴。

沁心的幽香阵阵地偎近了我。

· **夫人自有兮美子，**

凡是人都有他所喜爱的儿子，

· **荪何以兮愁苦？**

少司命之神哟，你为什么使我愁啊！

· **秋兰兮青青，**

你瞧，一片繁盛的秋兰，

· **绿叶兮紫茎。**

紫茎上翠绿的叶子，葳蕤下垂。

· **满堂兮美人，**

莺莺燕燕，满堂都是美人，

· **忽独与余兮目成。**

你，闪耀的眸子，在暗暗地对我传情。

· **入不言兮出不辞，**

你进来时，那么沉默，你走了，也没有和我招呼，

· **乘回风兮载云旗。**

你驾乘着旋风和云旗，飘然远行。

· **悲莫悲兮生别离，**

今天，我感受到人生最大的悲哀，是生生的别离，

·乐莫乐兮新相知。

回忆过去最大的愉快，没有能超过我俩初恋的滋味。

·荷衣兮蕙带，

你便是这样穿着荷花的衣服，系着蕙草的飘带，

·倏而来兮忽而逝。

陡然来了，又匆匆去了。

·夕宿兮帝郊，

晚上，你寄宿在天国的郊外，

·君谁须兮云之际？

你为谁老逗在那高高的云际啊！

·与女沐兮咸池，

我想和你在天池沐浴，

·晞女发兮阳之阿。[1]

[1] 普通的本子在原文"与女沐兮咸池"前，皆有二句为："与女游兮九河，冲风至兮水扬波。"按古本无此二句。王逸亦无注，这是河伯篇中的诗句，传抄所误。所以删去了。"咸池"，太阳沐浴的地方，《淮南子》上说："日出于旸谷，浴于咸池。""阳之阿"，可能是指旸谷。我采取比较接近的意译。

在初升的太阳里晒干你的头发。

·**望美人兮未来，**

我瞻望着你，少司命之神，怎么还不见你来哟！

·**临风怳兮浩歌。**

迎着风，我失意地发出悲壮的歌声。

·**孔盖兮翠旍，**

少司命之神，你以孔雀的翅膀作车盖，翡翠的羽毛作旌旗，

·**登九天兮抚彗星。**

你飞登于九天之上，清除着扫帚星。

·**竦长剑兮拥幼艾，**[①]

你手举长剑，保护着人类的小主人，

·**荪独宜兮为民正。**

芬香的少司命之神啊，你为万民主持着公正。

① 原文："幼艾"，洪兴祖补注，解为美女。我原译本句为："你手执长剑，拥抱着绝代的丽人。"游国恩先生以为不妥。思之再三，终于改成这样。

东　君

题解

东君是太阳之神。本篇乃祭东君的诗歌。内容主要歌颂东君的伟大无私,并附带描写巫女们迎神的歌舞以及人们欢欣的情形。

·【原文】·**暾将出兮东方,**

【绎文】你从容地带着温煦的光彩从东方上升,

·**照吾槛兮扶桑。**

穿透过扶桑那地方,照着我们房前的栏杆。

·**抚余马兮安驱,**

为了迎接你,我拍了一下我的马,轻快地前进,

·**夜皎皎兮既明。**

夜色里渐渐泛出了曙光。[①]

---

① 这一节乃是描写日神将出,日光自扶桑照于吾槛,于是乘马相迎,天色渐曙的光景。扶桑,旧注多以为是木名。恐未妥。《山海经》谓:"黑齿国下有汤谷,汤谷上有扶桑。"故译为地名。

·驾龙辀兮乘雷，

东君——太阳之神啊！你驾着龙车，雷声在你脚下发出巨响，

·载云旗兮委蛇。

云彩的旗子，飘动着：那么长，那么长——

·长太息兮将上，

你禁不住长长地叹息，当你将要升向太空，

·心低回兮顾怀。

你的心迟疑，你依恋地顾念着你的老家。

·羌声色兮娱人，

啊，你巨大的声音和灿烂的颜色，鼓舞起人们的欢欣，

·观者憺兮忘归。

四方的人抬起头来瞻望着你，他们感到舒适，忘记了归去。

·緪瑟兮交鼓，

听！瑟声那么急促，我们相对擂鼓，鼓声咚咚，

·箫钟兮瑶簴。[1]

① 箫一本作萧，闻一多以为乃槭字的省笔字，击也。瑶，王念孙读作摇。闻一多怀疑原本即摇字，乃是传写之误。"槭钟"与"摇簴"对文，言击鼓甚力，所以簴也为之动摇。这种说法很新颖，姑引于此，以备参考（详见闻一多：《楚辞校补》）。

明・萧云从作

排箫和悬在美玉上的钟声交响，

·**鸣箎兮吹竽**。[①]

我们吹着篪呀，竽呀，多么响亮。

·**思灵保兮贤姱**，

你想，我们的巫女们是那么美好善良，

·**翾飞兮翠曾**。

她们飞起她们的舞袖，像翠鸟举起它们的翅膀。

·**展诗兮会舞**，

展开我们的诗歌来唱吧，我们全都起来舞蹈，

·**应律兮合节**。

应和着旋律和节奏。

·**灵之来兮蔽日**。

东君啊，群神随着你降临，日光都给挡住了。

·**青云衣兮白霓裳**，

（太阳在天上唱：）

我，穿着青云的上衣，白霓的下裳，

① 原文"箎"，即篪（并音池），一种竹管制成的乐器。

·举长矢兮射天狼。

我举起长箭射杀了恶星——天狼。

·操余弧兮反沦降，

这时，我又拿起木弓向天末下降，

·援北斗兮酌桂浆。

晚上，取北斗作酒杯，满酌起一杯桂浆。

·撰余辔兮高驰翔，

我抓住马的辔头向另一个高空驰骋飞翔，

·杳冥冥兮以东行。

我潜行着运行到东方，从暗黑暗黑的地方。

河　伯

题解

河伯是河神。本篇为祭河神的诗歌。描写祭者想象中与河神接触共游，登昆仑山，又入其水中之宫，见诸怪奇，而后辞去。

·【原文】·**与女游兮九河，**

【绎文】河神啊！我想同你到九河去遨游，

·**冲风起兮横波。**

刮起一阵暴风，多么汹涌的波流。

·**乘水车兮荷盖，**

让流水作为我们的车乘，荷叶作为车盖，

·**驾两龙兮骖螭。**

驾着两只龙，还有没角的螭龙在两边跑，真够气派。

·**登昆仑兮四望，**

我们登上昆仑山纵目张望——

河伯

明·萧云从作

· **心飞扬兮浩荡**。

心灵在浩荡无边的境界中飞扬!

· **日将暮兮怅忘归,**

太阳快下山了,我忘了归去,是这般惆怅。

· **惟极浦兮寤怀**。

想到那最远的水涯,我的思想却像是从梦中醒来。

· **鱼鳞屋兮龙堂,**

你,河神哟,我知道你有鱼鳞的瓦屋,龙纹的厅堂,

· **紫贝阙兮朱宫**。[1]

紫贝的阙门,明珠的殿房。

· **灵何为兮水中?**

然而啊,你伟大的精灵,为什么老逗在水乡?

· **乘白鼋兮逐文鱼,**

你又乘坐白鼋,追随着能飞的鲤鱼。

① 原文“朱宫”,文苑作“珠宫”。译文从“珠宫”。

·与女游兮河之渚，

我偕你在河边同游，是这么欢娱，

·流澌纷兮将来下。[①]

可是流水不断急骤地冲下来了，使我踌躇。

·子交手兮东行，

终于，你依依地拱着手，顺流东去。

·送美人兮南浦。

我送你送到南方的水涯，

·波滔滔兮来迎，

汹涌的波涛似乎来相迎迓，

·鱼鳞鳞兮媵予。

成千成万的鱼群也好像都来送我回家。

① 王逸释流澌为解冰，不很妥当。澌区别于凘，凘是流冰。而所谓流澌即是流水的意思。（可参考闻一多：《楚辞校补》）

山　鬼

题解

本篇为祭山鬼的诗歌。篇中除一部分描写山鬼的姿容装束外，都作山鬼思念爱人的语气。山鬼本来也有男女之别，此篇所祭，是女性。

·【原文】·**若有人兮山之阿，**[①]

【绎文】是有一个女子在那深山里，

·**被薜荔兮带女萝。**[②]

披着薜荔的衣裳，系着兔丝的带子。

·**既含睇兮又宜笑，**

她的秋波含情，而又嫣然浅笑；

·**子慕予兮善窈窕。**[③]

她的性情慈和，姿容又那么苗条。

---

① 原文："若"，是发声辞，如"粤若稽古"，"王若曰"，"若夫……"等均其例。并不是"如像"或"恍惚"的意思。

② 女萝，即兔丝。学名为 Cuscuta japonica。

③ 原文："子慕予"，子慕是慈慕，予读为舒。不能作"你我"解。

·乘赤豹兮从文狸,

她驾着赤豹,文狸在后面追随,

·辛夷车兮结桂旗。

她把辛夷作车乘,桂枝来作旌旗。

·被石兰兮带杜衡,[①]

车上罩着石兰,杜衡的流苏下垂,

·折芳馨兮遗所思。

她折取香花打算送给她所思念的人儿。

·余处幽篁兮终不见天,

(请听!她在歌唱,她的歌声是那样凄厉!)

"我住在竹林深处,老是看不见天日的光辉,

·路险难兮独后来。

而路途是这般险阻,所以来得太迟。

·表独立兮山之上,

我孤独地站立在这高山上——

① 石兰,山兰,学名为 Cymbidium virescens。

· **云容容兮而在下**。

我的脚下吐着浮云千丈。

· **杳冥冥兮羌昼晦**，

眼前是那么深暗，白天见不着阳光，

· **东风飘兮神灵雨**。

忽然一阵东风，飘着沙沙的雨点在响。

· **留灵修兮憺忘归**，

我为你留在这里，徒然的忘了归去，

· **岁既晏兮孰华予**？

年华已经迟暮，谁能使我再美？

· **采三秀兮於山间**，[①]

我打算采撷巫山的秀芝，

· **石磊磊兮葛蔓蔓**。[②]

磊磊的山石崎岖，绵绵的野葛迷离。

· **怨公子兮怅忘归**，

我怨恨你啊，怅然地忘了归去，

① 原文："於山"，"於"读若"乌"，即"巫山"。（请参阅后记。）

② 葛，为豆科藤本，学名为 Pueraria Thunbergiana。

· 君思我兮不得闲。

我想你是在思念我的，或许没有闲时。”

· 山中人兮芳杜若，

山上女子就像杜若的芳枝，

· 饮石泉兮荫松柏。

啜饮着石泉，站在松柏的树底——

· 君思我兮然疑作。

为了相思，弄得有点怀疑。

· 雷填填兮雨冥冥，

听啊！雷声在响，昏暗的苦雨在飘，

· 猿啾啾兮又夜鸣。

天色已经黑下来了，猿猴又在啾啾地叫。

· 风飒飒兮木萧萧，

飒飒的风声，夹杂着草木的萧萧；

· 思公子兮徒离忧。

为了相思，她无望地忧伤颠倒。

国殇

题解

国殇是指为国牺牲的人。无主的鬼为“殇”。这篇祭歌大概是描写和赞美为国牺牲的战士们生前的勇敢，以及壮烈的战斗精神。

·【原文】·**操吴戈兮被犀甲，**[1]

【绎文】我们手持护身的盾牌，身披犀牛皮的铠甲，

·**车错毂兮短兵接。**

敌我战车的轮子交错，正开始短兵相接。

·**旌蔽日兮敌若云，**

旌旗遮蔽着日光，敌人像云一样涌上，

·**矢交坠兮士争先。**

飞箭从满空穿下，战士们个个争先逞强。

---

① 原文：“吴戈”，武延绪云：“按方言凡戟而无刃，吴扬之间谓之戈，东齐秦晋之间谓其大者曰镘胡，其曲者谓之钩釨镘胡。《释名》：盾大而平者曰吴魁，本出于吴，为魁帅所持者也。注吴戈一作吾科，楯名也。按吴吾古通，魁科一声之转，戈科同音，戈盾同韵，吴戈即大盾也，犹言吾科吴魁也。”武氏考释甚精。闻一多《楚辞校补》的有关此条，虽未注明出处，私意揣之，当出于此。但据《御览》改作吴科，似为赘举。

·凌余阵兮躐余行，

敌人来窜进我们的阵地，践踏我们的戎行，

·左骖殪兮右刃伤。

你左边的骖马阵亡，右边的又负了刀伤。

·霾两轮兮絷四马，[①]

索性把两个车轮埋在土中，四匹马也系着不用，

·援玉枹兮击鸣鼓。

举起玉槌来猛击着战鼓咚咚。

·天时坠兮威灵怒，

这时，天都要垮下来了，鬼神也在发怒，

·严杀尽兮弃原野。

把敌人杀光啊，尸首抛在原野。

·出不入兮往不反，

你们出了国都的门，便一去不复返，

·平原忽兮路超远。

① 细绎原文，此句应作破釜沉舟的意思来理解。

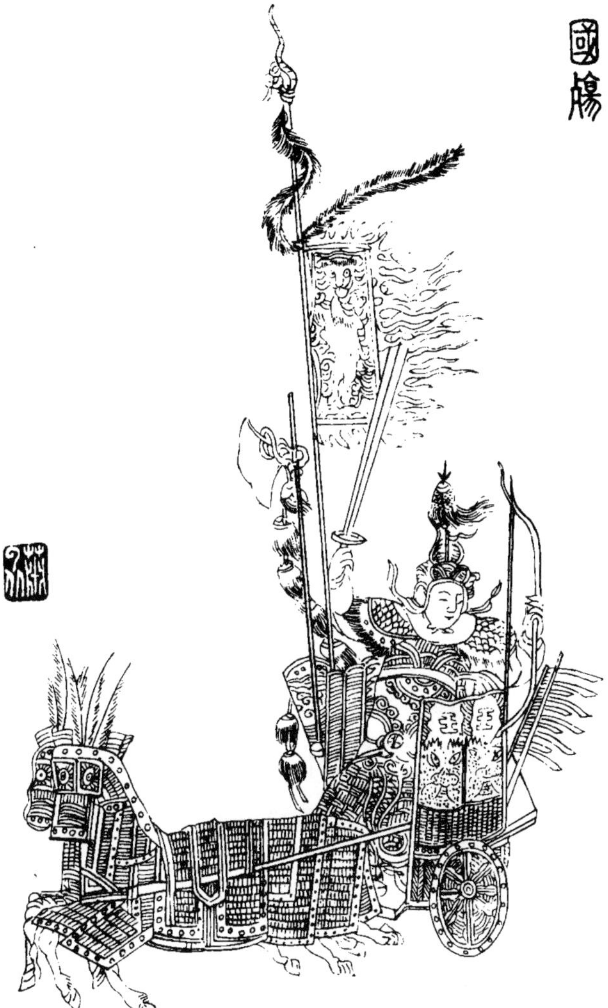

明·萧云从作

平原一望无际,路途尽管遥远。

·带长剑兮挟秦弓,[①]

带着长剑,挟着大弓,

·首身离兮心不惩。

头颅断了,坚强的意志不变。

·诚既勇兮又以武,[②]

你们是有力气又有气魄的战士,

·终刚强兮不可凌。[③]

既刚强,也不可侵犯。

·身既死兮神以灵,

身体纵然牺牲,精神永远存在,

·子魂魄兮为鬼雄。

你的灵魂啊,在另一个世界也是典范。

---

① 原文:"秦弓",疑秦为泰之讹。泰弓即大弓,见《周礼·夏官》。大弓、长剑对文。此说本武延绪。

② 原文:"诚既勇兮又以武",古人武与勇有别,武是精神上的气魄,勇是有力气。

③ 原文:"终刚强兮不可凌",终不是始终的终,是既什么又什么的同义语,"终善且美"即其例。

礼　魂

题解

礼魂,旧说以为是致礼于善终者的祭歌。从文辞上看,可能是《九歌》每一篇所共有的尾声。

·【原文】·**成礼兮会鼓,**[①]

【绎文】我们举行着隆重的典礼,鼓声齐作,

·**传芭兮代舞,**[②]

巫女们传递着手持的鲜葩在那儿舞蹈,

一个继续着另一个……

·**姱女倡兮容与。**

你们歌唱,你们的舞姿又那么美妙,美丽的巫女们哟!

·**春兰兮秋菊,**

春天有馥郁的兰草,秋天有芬芳的菊花,

·**长无绝兮终古。**

正象征着我们有永远存在的祭祀啊!

---

① 成礼一作盛礼,绎文从盛礼解。

② 原文的“芭”字,洪兴祖补注以为是芭焦,不妥。朱熹集注:“芭,与葩同。”绎文从朱注。

明·萧云从作

附录一

现今所传"楚辞"中的《九歌》计十一章,它的次序是:

一、东皇太一

二、云中君

三、湘君

四、湘夫人

五、大司命

六、少司命

七、东君

八、河伯

九、山鬼

十、国殇

十一、礼魂

王逸叙云:"九歌者,屈原之所作也。昔楚国南郢之邑,沅湘之间,其俗信鬼而好祠;其祠必作歌乐鼓舞以乐诸神。屈原放逐,窜伏其域,怀忧苦毒,愁思沸郁。出见俗人祭祀之礼,歌舞之乐,其词鄙陋,因为作九歌之曲,上陈事神之敬,下见已之冤结,托之以风谏;故其文意不同,章句错杂,而广义焉。"这一段话,自然不无可商之处。但明确地指出《九歌》的作者是屈原,肯定了《汉书艺文志》的旧说,并且也阐明了屈原与民间文学的关联。这是很可宝贵的。朱熹在《集注》的《九歌》叙中,又作了与上说微异的理解,他说:"九歌者,屈原之所作也。昔楚南郢之邑,沅湘之间,其俗信鬼而好祀,其祀必使巫觋作乐歌舞以娱神。蛮荆陋俗,词既鄙俚,而其阴阳人鬼之间,又或不能无亵慢淫荒之杂。原既放逐,见而感之,故颇为更定其词,去其泰甚,而又因彼事神之心,以寄忠君爱国眷恋不忘之意，是以其言虽若不能无嫌于燕昵，而君子反有取焉。”所谓“故颇为更定其词”，意思是《九歌》是屈原所改定的或改编的。

总之，自汉、宋以来的学者，几乎都一致承认《九歌》有本辞，但现今所读到的《九歌》，却毋庸置疑是应该归诸屈原所作的。这种论断基本是慎重的、可信的。至于《九歌》的作意如何？是否“风谏”或所谓“虽若不能无嫌于燕昵”，那是王逸、朱熹所受时代观念所限的说法，我们应该与上述的论断分别来看。不能因此便推翻《九歌》与屈原的关系。

最早怀疑《九歌》的作者为屈原的，便是对中国古典文学采取民族虚无主义者的买办“学者”胡适，他在《读楚辞》中宣称：“《九歌》与屈原的传说绝无关系，细看内容，这九篇大概是最古之作，是当时湘江民族的宗教歌舞。”胡适的那套实验主义，在这里并提不出什么证据来。在他“细看内容”之下，便通过“大概”做出这样一个结论来。就胡适的一贯哗众取宠的伎俩来说，这是不足怪的。因为他在同一篇文章中就这样写道：“屈原是谁？这个问题是没有人发过问的。我现在不但要问屈原是什么人，并且要问屈原这个人究竟有没有？……”在胡适的怀疑之下，大胆假设之下，屈原其人似乎也不难从有到无了。这种数典忘祖的谬论，鼎堂先生早在《屈原研究》一书中予以严厉的痛斥，此处不必赘述。只是在胡适的影响下，有关《九歌》的作者问题，曾经长期地被人混淆过。这里有必要说明一下。例如陆侃如先生在他早期写的《屈原评传》里曾举出胡适的所谓两条很重要的理由：一、若《九歌》也是屈原作的，则“楚辞”的来源便找不出，文学史便变成神异记了。二、《九歌》显然是“离骚”等篇的前驱。我们与其把这种进化归于屈原一人，宁可归于“楚辞”本身。接着便引申说：“这都是用文学史的眼光来断定九歌的时代，我以为是很不错的。我们上文虽已考定了‘楚辞’的远祖，但那些楚语古诗大都产生于前七、六世纪。自此时至屈原，尚有二百多年，竟无可靠的诗歌留传下来。若说是年久失传，则为何前后都有，而独少此时期内的？我们若把《九歌》填补在内，则在楚辞进化史上自然更易解释了。但我们最该注意的是第二条理由。我们只消把‘楚辞’约略研究一下,便可知《离骚》等篇确是从《九歌》演化来的。篇幅的扩张,内容的丰富,艺术的进步,都是显而易见的事实。我们若懂得一点文学进化的情形,便知这个历程不是一个人在十年二十年所能经过的。齐梁至初唐二百年间似律非律的诗歌,便是文体成立迟缓的妙例与铁证。即乐府之变为词,也经过了数百年的酝酿。故这不但是‘与其’与‘宁可’,简直是‘可能’与‘不能’的话了。至于他们的时代,大约在前五世纪,因为从形式上看,他们显然是楚语古诗与《离骚》间的过渡作品。”(见陆著:《屈原》一二一页至一二二页)上述作为前提的两条理由及陆氏引申的话,是不堪一击的。先论前提:一、为了要找得出“楚辞”的来源,难道就能硬派《九歌》不是屈原作的么?请问,这是根据什么逻辑呢?陆先生引申语中的楚语古诗,不算来源算什么呢?至于文学史便变成神异记了,那只能是胡适的什么《白话文学史》的自评而已。二、在承认《九歌》显然是《离骚》等篇的前驱之后,便说与其将这种“进化”归于屈原一人,宁可归于“楚辞”本身。这又算什么原则呢?解颐地说:也许这是少数服从多数吧。“与其”“宁可”云云,真是可笑得很。陆先生引申语也是大成问题的。这不是什么文学史的眼光,据陆先生说:他所考定的“楚辞”的远祖,即那些楚语古诗大都产生于前七、六世纪。下距屈原尚有二百多年的空隙。因而,陆先生便认定这段空隙不能没有可靠的诗歌留传下来,而且这段时间的诗歌不允许失传,理由是前后都有,此时期断不可缺。所以把《九歌》填补于此,目的是便于解释“楚辞进化史”。据此,则我们现在理应替施耐庵或曹雪芹写一本详细的传记。因为他们的时代比杜甫距离我们近得多。尤其是曹雪芹,我们没有理由不掌握他较为全面的材料,为什么早于他的有些作家所遗留的生活史料会比他多呢?请问,这种推理法,是文学史家能够采用的么?至于第二条理由的引申,也是十分牵强的。不错,《离骚》等篇确是从《九歌》演化来的,从形式上看可以这样说。那么作为屈赋中如四言体为主如《天问》及《九章》

中的《橘颂》,基本文体近似《诗经》又该怎么说呢？如果说屈原不可能写出唐诗宋词之类的文体来,这是事实;但不等于说唐人不能写一篇骚体的文章。如果发现王夫之写了一篇《九昭》,也怀疑起船山是否清朝人？或认为《九昭》文体不类船山他作,应并入屈赋,岂非笑话？沿用陆先生的话,《九歌》作于屈原,不应该是“不能”,而应该是十分“可能”的了。最近读到陆先生等选注的《楚辞选》,这本书的前言是由陆先生执笔写的,写于一九五五年。对于他过去的论点,已略有修正,但仍还值得商榷。他说:“九歌本来是春秋末年或战国初年的楚国各地的民间祭歌,北自黄河南岸,南至沅湘流域,共十一篇,后来可能经过屈原的加工。”在“加工”句后有一条注文:“对于《九歌》,有人认为完全是屈原个人的创作,有人认为完全是民歌,这些说法是各有所偏的。”从注文的精神看来,陆先生似乎是在作持平的折中之论。实质还是对过去的论点,有些忍而不舍的。在同一页中,陆先生说:“这十一篇(按指《九歌》)是‘楚辞’的卓越的开端,它们给予屈原的影响是深巨的。”接着在另页又说:“从‘二南’到《九歌》的过程,是楚国诗歌发展的过程。接着就产生了伟大的诗人屈原。”由此可见,所谓“可能经过屈原的加工”,这“可能”二字在陆先生说来,也是有吝惜之感的。《九歌》十一篇“给予屈原的影响是深巨的”,《九歌》以后,“接着就产生了伟大的诗人屈原”,也真是陆先生所偏之论。陆先生在同书的《九歌》小引中又说:“屈原可能加过工,但成就应主要归功于民间的无名诗人。”这样一来,别人似乎不能反驳了,如果有谁反对,便派以不主张“归功于民间的无名诗人”的罪名。这种深文周纳的办法,我是不赞成的。事实上,从最早的王逸注及后来的朱熹注文看,谁也没有否定《九歌》与民间文学的关系,至于王、朱对民间文学的估价如何,是另一件事。过去“有人认为(《九歌》)完全是民歌的”是陆先生自己。而我们是相信汉以来的著录的,并且愿意相信《九歌》的著作权是理应划归屈原的。但并不排斥屈原与民间的无名诗人(自然不止是一个)的关联,恰巧相反,我们认为这种关联,通过屈原的改写《九歌》,更为鲜明,更为突出。

我们承认《九歌》是有其本辞的，但现今所流传的《九歌》，如不曾经过艺术的提炼和加工的改写，是很难设想的。当没有充分例证肯定《九歌》是某一个地方民歌的原始形态前，我们似乎没有理由强作解人，推翻汉宋以来注家对于《九歌》作者是屈原的肯定。

我们认为《九歌》成为卓绝的古典文学名篇，是和它高度的集中，又是多彩的艺术表现手法分不开的。十一组诗，首尾俱备，摇曳生姿，浓淡参差，变化多端；按其整体的安排上看，风格气息的一致性上看，如果不通过一个个性作家的意匠经营，是难以想象的。我们完全可以相信，提供给屈原创作《九歌》的原始蓝本，包括民间生活的种种风习——例如所谓巫风以及口头传说的神话故事，较之现今我们所读到的《九歌》，有着不可比拟的生动丰富的内容；但那无论如何也只能是接近自然形态的东西，粗糙的东西，虽然它们应该是屈原创作的最基本的源泉之一。我们在理解或研究屈原作品，取得这种历史的认识是有必要的。但是假如为了个人的其他目的，或为了护惜自己数十年来既有的研究结论（也不管这结论是否站得住），或为了文学史家在撰写文学史时，掌握的材料能得到均衡的分配，便坚持地武断地把《九歌》从屈赋中抽出，这种态度是要不得的。我们知道陆侃如先生是国内的优秀的文学史家之一，他的若干业绩都该赢得我们的尊敬。但正因为尊敬他，便应该重视他的影响。有关《九歌》作者的问题，——自然是指现今所流传的《九歌》，不是我们所没有读到的本辞，在王逸与陆先生之间，我们是有更多的理由相信王逸的。尤其是在批判胡适学术思想的热潮以后，我们希望陆先生能更大胆也是更慎重地修正他的说法。

我们卓越的楚辞研究者游国恩先生，过去也是主张《九歌》应与屈原“脱离关系”的（游先生语），他的理由有三点：一、主要是《离骚》《九章》以六字或七字句为原则，《九歌》则以五字或六字句为原则，同时《离骚》等的兮字位于句末，而《九歌》的“兮”字则在句中。二、从篇幅长短看，屈原作品长的多，短的少……《九歌》中最长的如《湘夫人》只四十句……若《九歌》果是屈原作的，何以竟无一篇比较长的文章？……《九歌》单调像没有话说，不像屈原的作品回环往复，三致其意。三、《九歌》诸篇没有乱辞。（见《楚辞概论》页九十二至九十四）这完全是形式主义的看法，无待辩解。游先生自己在一九五三年出版的《屈原》一书中，已作修正。使屈原与《九歌》在一定程度上，又恢复了关系。他说："其实《九歌》是楚国南部的真正的民间文艺，它的作者是优秀的无名氏的人民诗家，而并非贵族文人。但屈原是最可能、最恰当的加工者，因为《九歌》和《离骚》《九章》的词句之间有许多相同的地方和密切的关系。"（见游著：《屈原》页七十五。引文旁点是我加的，下同）游先生一方面指出"屈原是最可能、最恰当的加工者"，另一方面把《九歌》的作者归之无名氏。并且把《九歌》的时代规定在公元前五世纪，认为那时"楚国南部沅湘之间以及西部和北部便涌现了大批有组织的民歌，那就是'楚辞'集中的《九歌》"。（见游著同书七十四页）这种说法我认为是不妥的。"大批有组织的民歌，那就是'楚辞'集中的《九歌》"的话头，是很容易引起误解的。如果"大批有组织的民歌"，指的是现今"楚辞"集中的《九歌》十一篇，那么显然是错误的，我考虑游先生的原意恐怕不是如此，这可能是游先生行文匆遽所造成的客观误会。"有组织"的概念，应该是相对于我们所读到的《九歌》，谁把它"组织"起来的呢？舍游先生所说的"最可能、最恰当的加工者"屈原其谁属呢？我说这些，并不是要替屈原"寸土必争"。而是说前五世纪楚国南部沅湘之间以及西部和北部所涌现的大批民歌，我们既未看到，很难断言它是有组织的。《九歌》有本辞，是汉以来的通说。大批民歌中概括了《九歌》本辞在内，是较为可信的。如承认通说，《九歌》有本辞，那么，本辞不等于我们所能读到的《九歌》，这是再明白不过的事。朱熹一方面说："故颇为更定其词"（按：应指更定九歌本辞），一方面开章明义继承汉人的旧说："九歌者，屈原之所作也"（按指今所见的"楚辞"集中的《九歌》）。朱熹的态度也还是十分慎重的。道理很简单，我们知道莎士比亚的伟大剧作《李耳王》便是以法国一个古老的民间故事作为原始蓝本的。(注)但不因此,我们便有理由剥夺莎士比亚的著作权,甚或认为《李耳王》的作者应为法国的民间的无名诗人。

与以上说法同而不同的另一派说法,为何天行、朱东润诸先生。所以说与以上说法同者,因为他们在否定《九歌》的作者是屈原的一点上,是彼此一致的;所以不同者,便是他们把《九歌》的时代往后拉了。殊途同归,论点尽管不同,目的同样是剥夺屈原的著作权。这两位先生都是主张《九歌》为汉歌辞的。就中如何天行先生为了做出惊人之论,乃一口咬定全部楚辞作于汉代(见何著《楚辞作于汉代考》一书),干脆继承了胡适的衣钵,否定有屈原其人存在。司马迁的《屈贾列传》因为对他的雄辩不利,乃硬派屈传的作者即使不是刘向,当是刘歆无疑。总之,不利于何先生的论据的史料全是假的,或"大概""也许"是假的。这样一来,屈传便被断为假托之作,与司马迁脱离了关系。屈原也就变成了子虚乌有先生。全部屈赋,莫非汉辞。这一派的说法,至一九五一年朱东润先生在光明日报的学术版上发表的两篇论文止,以后就不曾见到有人说起了。郭鼎堂先生曾为文痛斥(原文现收在《奴隶制时代》一书中)。此处毋庸俱论。

关于《九歌》的内容,清戴震曾有一个说明,他说:"《九歌》,迁于江南所作也。昭诚敬,作《东皇太一》。怀幽思,作《云中君》;盖以况事君精忠也。致怨慕,作《湘君》《湘夫人》;以己之弃于人世,犹巫之致神,而神不顾也。正于天,作《大司命》《少司命》,皆言神之正直,而惓惓欲亲之也。怀王入秦不反,而顷襄继世,作《东君》;末言狼狐,秦之占星也,其辞有报秦之心焉。从河伯水游,作《河伯》。与魑魅为群,作《山鬼》。闵战争之不已,作《国殇》。恐常祀之或绝,作《礼魂》。"(见戴震:《屈原赋注》)这一段话不无穿凿。我们很难置信《九歌》只是如汉王逸说的那样:"上陈事神之敬,下见己之冤结,托之以风谏。"(见王逸注《楚辞》。戴震题解式的说明,当据王逸的概念,敷衍而成。)首先,我们不妨肯定现今所见的《九歌》和他原始蓝本的主要内容并无二致，它乃是楚国民间的神话和传说，通过祭神舞歌的形式而得以流传。它所以为广大人民所爱好，正因为它是广大人民基于他们自己的现实生活所发射出来的一种想象。通过屈原的再创作，使这些材料在语言上更臻洗炼纯粹，成为很高的艺术品。自然，相对于屈原，这一部分作品只能被认作为他前期的试作小品。纵或寄托了一些幽怨(不是王逸所谓的“冤结”)，那也只是属于一种诗人青春期朦胧的怅惘和对于光明的憧憬而已。至于说到政治上的隐喻那真是太稀薄了。讽谏云云，是不很合适的。

《九歌》名为九，而实为十一章。这是自来就被研究《九歌》的人所注意的问题。王逸注《九辩》云：“九者阳之数，道之纲纪也。”文选五臣注阐明王说，认为：“九者阳数之极，自谓否极，取为歌名矣。”朱熹在他的《楚辞辩证》中云：“篇名九歌，盖不可晓。旧以九为阳数者，尤为衍说。或疑犹有虞夏九歌之遗声，亦不可考，今姑阙之，以俟知者，然非义之所急者。”这种“以不知为不知”的态度是比较老实的。只是用“然非义之所急者”一句话，便轻轻的放下，气派颇显得雍容，却也很难令人满意。至于林西仲在《九歌总论》中很武断地说：“九歌之数，至《山鬼》已满，《国殇》《礼魂》，似多二作。……盖《山鬼》与正神不同，《国殇》《礼魂》，乃人之新死为鬼者。物以类聚，虽三篇实止一篇，合前共得九，不必深文可也。”这有点像下命令；使人首肯，似乎也不甚可能。像林西仲这一类的注家很多。如近人王闿运的《九歌》注同样直截了当，他说：“《礼魂》者，每篇之乱也。《国殇》旧祀所无，兵兴以来新增之，故不在数。”蒋骥的《楚辞余论》中谓：“九歌本十一章，其言九者，盖以神之类有九而名。两司命，类也。湘君与夫人，亦类也。”蒋说又为日本青木正儿所引申。作为“想象”之辞，青木的意见是颇有趣的。他说：“……在此十一篇中，《湘君》《湘夫人》及《大司命》《少司命》是两个重复的篇章，……当是春秋二祠各演一曲，即《湘君》与《大司命》用于春祠，而《湘夫人》与《少司命》用于秋祠。所以，在实际应用时，该有两篇是备选的，因此才成为九篇，亦即春、秋两祠各用了九篇。（其他诸篇，春、秋共用。）其理由，末篇《礼魂》云：‘春兰兮秋菊，长无绝兮终古。’王逸注：‘言春祠以兰，秋祠以菊，为芬芳长相继承，无绝于终古之道也。’是春祠秋祠的有力根据。更如上述四篇的措辞来看，显然有季节的不同，如《湘君》曰：‘斲冰兮积雪’‘鸟次兮屋上’，都是由冬而春之意。《大司命》曰：‘使涷雨兮洒尘’，‘补注’引《尔雅》注：‘今江东呼夏月暴雨为涷雨。’果如所说，则春、秋都可。《湘夫人》曰：‘袅袅兮秋风，洞庭波兮木叶下。’又《少司命》曰：‘秋兰兮麋芜，罗生兮堂下’‘秋兰兮青青，绿叶兮紫茎’，明指秋季。……”（参阅青木：《楚辞九歌之舞曲的结构》）我们细加思绎，觉得青木氏的见解还是牵强。历来对《九歌》篇目的各种说法，无非是如何才能合于“九”数，以符《汉书艺文志》的二十五篇之目。问题在于“九”，我觉得还是郭沫若师的意见较妥。和《九辩》一样，《九歌》并不是数目有九；《九歌》《九辩》都是夏启王的歌曲。《山海经》的《大荒西经》谓：“夏后开（即启）上嫔于天，‘九辩’与‘九歌’以下。”郭璞注引《归藏·启筮》：“昔彼‘九冥’，是与帝同辩同宫之序，是为九歌。”盖因九冥而得名，这种解释是能让人比较明白些的。（参阅郭沫若：《屈原研究》）

闻一多先生对于《九歌》章次的认识，说甚新颖，兹照录如次，谨供读者参考。他说：“九歌十一章皆祀东皇太一之乐章，就中‘吉日兮辰良’章（旧题《东皇太一》非是）为迎神曲，‘成礼兮会鼓’章（旧题《礼魂》非是）为送神曲，其余各章皆为娱神之曲也。诸娱神之曲，又各以一小神主之，而此诸小神又皆两两相偶，共为一类。今验诸篇第，湘君与湘夫人相次，大司命与少司命相次，河伯与山鬼相次，国殇与礼魂相次，（洪兴祖曰：‘或曰礼魂，以礼善终者。’案此说得之。国语楚语下：‘卿大夫祀其礼，’韦注曰：‘礼谓五祀及其祖所自出。’此礼字义盖同。然礼魂之曲，实有目无辞。其‘成礼兮会鼓’章，本全歌之送神曲。后人以求礼魂之辞不得而径题送神曲曰礼魂，妄也。）都凡四类，各成一组。惟东君与云中君，皆天神之属，宜同隶一组，其歌词亦宜相次。顾今本二章部居悬绝，无义可寻。其为错简，殆无可疑。余谓古本东君次在云中君前……少司命乃得与河伯首尾相衔，而河伯首二句乃得阑入少司命中耳。”（详见《闻一多全集》第二册三八三页）

以上只是个人将有关《九歌》的一般问题，作一个简略的介绍和说明而已。有不妥当的地方，希望能得到读者和专家们的指教。是为序。

一九五一年十二月。文怀沙于北京寓庐。

一九五六年八月，略经改定。

（原《屈原〈九歌〉今绎》自序）

（注）见 P. Delarue 的 *L' amour des trois oranges* 一书，内收有《喂火鸡的姑娘》，即莎翁《李耳王》所据。普希金亦曾采取本国的及法国的民间传说，作为创作的依据。

附录二

读文怀沙先生的《屈原〈九歌〉今绎》

曹述敬

"相传夏历五月五日——端午节是中国伟大诗人屈原的忌辰"。今年端午节前,《人民文学》(第四卷第二期)发表了文怀沙先生的《九歌今绎》,这是继郭沫若先生移译《离骚》之后,对于我国伟大的爱国诗人屈原的诗篇的又一重要译作。

我以十分喜爱的心情,和原文对照起来,仔细而反复地读了《九歌今绎》;据我的了解,我觉得文怀沙先生这篇译文是很好的。第一:译者是有意识地把《九歌》"从历史上重重的曲解中解放出来"。第二:译者在"译文中尽量把握节拍的舒急","在诗的角度上"加以"推敲";使译文的每章都成为完整的语体诗篇,而不是白话解说。第三:译者在对原作考证方面,训诂方面是采取极其审慎的态度的。这从译文的"后记"里可以看出来。因此,译文在考证和训诂方面表现得大致是够周密(就含义说)、确切(就字句说)了。

我说"大致"周密确切,并非对译者有所不满;而是说像《九歌》这样二千多年以前的文学名品,自汉以来注者不下百余家,聚说纷纭,要想在考证训诂方面取得一致的见解,实在非常困难。恐怕还有待于反复讨论。我现在亦愿意提出几点零碎意见和一种不成熟的想法就教于文怀沙先生和其他学者。

先说要提的几点零碎意见。

一 《东皇太一》原作的音韵、标点、分段问题

译者把《东皇太一》是这样分段和标点的:

吉日兮辰良，
穆将愉兮上皇。
抚长剑兮玉珥，
璆锵鸣兮琳琅。

瑶席兮玉瑱，
盍将把兮琼芳。
蕙肴蒸兮兰藉，
莫桂酒兮椒浆。
扬枹兮拊鼓，
疏缓节兮安歌。
陈竽瑟兮浩倡，
灵偃蹇兮姣服。

芳菲菲兮满堂，
五音纷兮繁会。
君欣欣兮乐康！

我认为这样标点，分段是不妥当的。而造成这种不妥当的标点和分段的原因，却是一个音韵问题。

必须特别提一提：《九歌》十一章的用韵（姑且说用韵吧。说用韵不大妥当。因为当时并无什么韵书，不是照韵书用韵；而是照当时的语音或字音叶韵的），除开极少数（据我查考，只有三两处）的例外（或者别有原因，一时弄不明白），全是很有规律的。大致是起句入韵，二句叶韵，这一韵如果还有三句、四句……以后隔句叶韵；换韵时，第一句入韵，二句叶韵，如果还有三句、四句……以后隔句叶韵；除两句一韵外，还有四句连韵；和通篇一韵到底（不是句句连韵，是不换韵）的情形。

《九歌》十一章，通篇一韵到底的，只有《东皇太一》和《礼魂》两章。或如闻一多先生所说，这两章是迎神曲和送神曲，一在全歌之首，一在全歌之末，所以比较特殊吧。

《东皇太一》的译文是按原作原韵一句一叶通篇连韵到底的。这很有趣，读起来亦很好听。但译文毕竟得根据原作，尽管译文能成完整的诗篇，原作的本来面貌终是不能不求其正确的。

刚才已讲过，原作《东皇太一》是通篇一韵到底的。但按照译者那样的分段和标点，通篇一韵到底的面貌是显不出来的。甚至可以误会中间是换了韵或一连有几句是不叶韵的。

不能有这种误会吗？我们看：

瑶席兮玉瑱，
盍将把兮琼芳。
蕙肴蒸兮兰藉，
奠桂酒兮椒浆。

紧接着以下四句是这样标点：

扬枹兮拊鼓，
疏缓节兮安歌。
陈竽瑟兮浩倡，
灵偃蹇兮姣服。

下面三句自成一段，又是这样标点：

芳菲菲兮满堂，
五音纷兮繁会。
君欣欣兮乐康！

按照上文一路看下来，读下来，不会以为“扬枹兮拊鼓”到“五音纷兮繁会”六句是换了韵（“歌”与“服”虽不能通，但“歌”与“会”古音却可相转呢）？或者是没了韵吗？

按照译者那样分段和标点，从首句起，每一个五字句下面跟着三个六字句算一组（最后三个六字句前则缺一个五字句了），看起来颇整齐；但因与原来韵律不合，读起来，是会破坏了那种看起来的整齐之美的。

如果我们不照译者那样分段和排列、从头到尾一路读下去，除读到“扬枹兮拊鼓、疏缓节兮安歌、陈竽瑟兮浩倡”觉得赶得慌外，其余（自第二句起）全为隔句叶一韵是很顺口的。闻一多先生曾疑“扬枹兮拊鼓”下脱去一句（见《闻一多全集》乙集三七四页），我们虽不能断言他说的一定对，但“扬枹兮拊鼓”下面如果再有一句叶韵的句子，读起来更整齐是没有问题的。自然，既是现在流传的《九歌》都脱去这一句，我们亦不能凭空给它补上。但我觉得注明这个问题；或以五个或六个空格填补这句的位置是有必要的。或者把“杨枹兮拊鼓”作为一个独立句，下面用个句点亦可。译者既没把它当独立句，而在下面用了逗点那亦无妨；主要的是从“疏缓节兮安歌”到“五音纷兮繁会”几句的标点全须变动；而且是要一连读下去，中间不必再分段落，就如下面所拟这样：“……疏缓节兮安歌，陈竽瑟兮浩倡。灵偃蹇兮姣服，芳菲菲兮满堂。五音纷兮繁会，君欣欣兮乐康！”

二 《山鬼》原作的分段和译文的语气问题

《山鬼》一章多至八韵（通转的还不算）。我们固然不能完全按韵分段，主要的要看内容意思。但韵和意思随同改换转变，亦是长篇诗歌的普遍现象。况且诗歌之美与音节、韵律是分不开的（自然不单是叶韵问题）。因此，我们分段时一面着眼内容意思；同时为了读起来顺口、动人，一面注意叶韵问题还是很必要的。

译者《山鬼》的“题解”云：“本篇为祭山鬼的诗歌。篇中除一部分描写山鬼的姿容束装外，都作山鬼思念着爱人的语气。山鬼本来也有男女之别，此篇所祭山鬼是女性。”按照“题解”的意见，译者把“山鬼”原作分为四段。第三段是作为“山鬼思念着爱人的语气”译出的。译文首尾并加了引号。这样翻译，手法新颖，确能帮助人们对于原作的了解。但我认为还是有值得商讨之处的。

譬如第二段"乘赤豹兮从文狸，辛夷车兮结桂旗。被石兰兮带杜衡，折芳馨兮遗所思。"和第三段头两句："余处幽篁兮终不见天，路险难兮独后来。"六句四韵，"狸""旗""思""来"同属古韵"咍"部，韵例极为清楚。就意思说，前边说"乘赤豹兮从文狸"，后边说"路险难兮独后来"亦不是不相连属的。分在两段，似不相宜。

又如第四段"君思我兮然疑作"和"思公子兮徒离忧"两句，在语气上与第三段"怨公子兮怅忘归，君思我兮不得闲"两句有什么不同？何以不把第四段亦当作山鬼"思念着爱人的语气"呢？大概是受了"山中人兮芳杜若，饮石泉兮荫松柏"两句的影响，遂把全段算作"描写山鬼的姿容装束"部分了吧？这是不大能讲得通的。

第一段"子慕予兮善窈窕"一句，译者说郭沫若先生"认为'子慕'是'慈慕'，'予'读为'舒'，乃是说性情慈爱的意思，'子''予'不能作'汝''我'讲"。郭先生自有其根据（或因"子慕"连文之故）。但《九歌》用"子""予"的句子很有几处，如"子交手兮东行"（河伯）、"子魂魄兮为鬼雄"（国殇）、"目眇眇兮愁予"（《湘夫人》。按闻一多先生读"予"为"眝"，说"目眇眇即愁眝之状"，见全集乙集三七六页，亦不确。）"闻佳人兮召予"（湘夫人）、"何寿夭兮在予"（大司命）、"芳菲菲兮袭予"（少司命）、"鱼隣隣兮媵予"（河伯）、译者都是把"子""予"字作"汝""我"翻译的。就连本章（山鬼）"岁既晏兮孰华予"的"予"，译者亦是翻作"我"字的。何独于"子慕予兮善窈窕"的"子"和"予"不作"你""我"解呢？

译者在"后记"里叙述浦江清先生的意见，以为《山鬼》全篇皆"自述的口气""完全作第一人称倒比较合适"。又述浦先生的话语："譬如在后来中国戏曲里，一个角色出场，他的仪容、装束、来历、甚至姓名，都由他自己口中说出唱出，毫不足怪。"浦先生这个意见，是有道理的。在浦先生之前，王国维在《宋元戏曲史》里说过："楚辞之'灵'，殆以巫而兼尸之用者也。"又说："盖群巫之中必有象神之衣服形貌动作者,而视为神之所凭依。”又说:“是则灵之为职,或偃蹇以象神,或婆娑以乐神,盖后世戏剧之萌芽,已有存焉者矣。”这不但可作翻译《山鬼》之参考;而且可作为翻译《九歌》任何一章时,对处理“人称代名词”问题的参考。

三　关于《东君》译文问题

《东君》原作头两句“暾将出兮东方,照吾槛兮扶桑”。译文是“你从容地带着温煦的光彩从东方上升,照着你房前的栏干——扶桑”。译者对“扶桑”有个注解,说:“扶桑旧注多以为是木名,恐未妥。《山海经》谓‘黑齿国下有汤谷,汤谷上有扶桑’。故译为地名。”按《山海经》(海外东经)“汤谷上有扶桑”下面,接着是“十日所浴”一句。无论“扶桑”本意是木名还是地名,这总是说“扶桑”是太阳的老家,太阳是从“扶桑”出来的。陆机有句诗“扶桑升朝晖”(《陆士衡集·日出东南隅行》),就能表示太阳出自扶桑这个意思。所以译者把“扶桑”译为“地名”较译为“木名”是适宜些。但译文“照着你房前的栏干——扶桑”这句话是很不明白的。看不出“扶桑”这个地方与太阳出升和房前栏干有什么关系。如果把头两句的意思连起来译,把“扶桑”摆到前面去,或者就在译文的“东方”下面加上“扶桑地方”四个字,意思似乎明白得多。第二句“照吾槛兮扶桑”,如把“吾”字译为“我”或“我们”。算是歌舞者的语气,似乎比把“吾”字译为“你”字更加明白。因为这些歌舞的巫女们,一方面是太阳的欣赏者,一方面又是太阳的代言人。她们是“一身而二任焉”。这点对于讲《九歌》非常重要,我在前面已说过这种意思了。

原作“羌声色兮娱人,观者憺兮忘归”两句,译文是“啊,你巨大的声音和灿烂的颜色,鼓舞起人们的欢欣,四方的人抬起头来瞻望着你,他们感到舒适,忘记了归去。”我觉得说太阳有“灿烂的颜色”是可以的;说太阳有“巨大的声音”似不妥当。从前听王汝弼先生讲解时,记得王先生说“声色”是指下面歌舞之事;“观者”“忘归”亦是为贪看巫女们祭祀太阳所举行的舞会的“娱人”的“声色”；而不是观看太阳。

原作“思灵保兮贤姱”一句，译文是“你想，我们的巫女们是那么美好善良，”没有说明究竟是谁“思灵保”的“贤姱”。我认为这里的“思灵保”，《山鬼》说“留灵修”都是同样意思。说成“观者”“思”巫女们的美好善良可以；说成歌舞的巫女们“思”太阳神的美好善良亦讲得通。总之，是须确定的。

原作“举长矢兮射天狼”是形容日在中天，光芒四射的情景；“操余弧兮反沦降”是以弓矢之“弧”象征日落时半轮之状。这都是从前听王汝弼先生讲解时记下的。这两句的译文并没有错误。而且我认为“操余弧兮反沦降”一句译得非常好。这里所提的只是补充意见。还有末句“杳冥冥兮以东行”，是说：明日太阳又由东升，译文似乎还应把这一层明确一下。因为，“东君”是歌颂太阳整个运行过程的。

其次，再说一种不成熟的想法。这种想法是关于《湘君》《湘夫人》两章的。

《湘君》《湘夫人》的注解，自王逸起，千余年来是极混乱的。这是因为那些注家在《九歌》其他篇章里还只用屈原的身世去穿凿附会；而在《湘君》《湘夫人》里却又加上了尧女、舜帝的故事。所以越发纠缠不清了。游国恩先生《楚辞概论》说：“从来注《九歌》的只有闵齐华一说可取”，而论《湘君》《湘夫人》又最好。《楚辞概论》引他的话：“《湘君》一篇，则湘君之召夫人者也；《湘夫人》一篇，则夫人之答湘君者也。前以男召女，故称女，称下女；后以女答男，故称帝子，称公子，称远者；其中或称君，或称佳人，或称夫君，则彼此相谓之辞也；以男遗女，故有玦有佩，此男子之所有事也；以女遗男，故有袂有褋，此女子之所有事也。”但细究两章内容，闵齐华只说对了一半，即《湘君》《湘夫人》纯是男女相爱之辞，无须附会屈原、尧、舜的事迹。但说《湘君》一篇是“男召女”；《湘夫人》一篇是“女答男”恰巧是看反了的。只有文怀沙先生的“题解”稳当明白。一方面不鲁莽地废弃古代舜帝尧女的民间传说；一方面亦不比附屈原的身世。尤其认为《湘君》是“湘夫人思念湘君，一种期之不来，求之不得的语气”;《湘夫人》是“湘君思念湘夫人那种望之不见,遇之无因的口气”;我觉得是最得其解的。几年以前,我也这样想过。不过,只是《湘夫人》里“思公子兮未敢言”这句话,如说是湘君思念湘夫人的口气,则是不无问题的。

现在就来谈谈这个问题。

照理,王逸注解明说:“公子谓湘夫人也”;而且古书上把女的称“公子”亦不是找不到例子,如《公羊传》(昭公三十一年):“颜淫九公子于宫中”“九公子”即“邾娄”九女;似乎不必讨论了。但问题在:第一,王逸是把“思公子兮未敢言”解作屈原想和舜一样能遇到尧帝“二女”的,所以不得不把“公子”注为“湘夫人也”。大概他对称“二女”为“公子”亦觉得有点问题,因而跟着就说什么“重以卑说尊,故变言公子也”。这纯粹是附会,不足依据。第二,《山鬼》里面“怨公子兮怅忘归”和“思公子兮徒离忧”两句,译者全是作女性山鬼思念男性爱人的语气翻译的,很能讲通,何以《湘夫人》的“公子”又是指女性呢?第三,亦是比较重要的,分别男女的语气,不能只在称呼上看,还应注意话的口吻。“思公子兮未敢言”和《湘君》里的“隐思君兮陫侧”全是女子的口吻。这从《诗经》《王风·大车》:“岂不尔思?畏子不敢”及《郑风·将仲子》:“仲可怀也,人之多言,亦可畏也”和《东门之墠》:“岂不尔思?子不我即”等句,都可得到证明。(游国恩先生《楚辞概论》已发此意。)特别是《将仲子》一诗,十分显明的是女子口吻。

因此,我疑心“沅有茝兮澧有兰,思公子兮未敢言。荒忽兮远望,观流水兮潺湲。”这四句千古绝唱,原来是《湘君》之文,或者就是紧接着“隐思君兮陫侧”,以后串入《湘夫人》的。如果把这四句从《湘夫人》里去掉,那么从第二段起,原文是这样的:“(登)白薠兮骋望,与佳(人)期兮夕张。鸟(何)萃兮蘋中?罾何为兮木上?”(括弧里边的字,是根据“一本”补出的。说详《闻一多全集》乙集三七七页)。下面接着就是“麋何黄兮庭中?蛟何为兮水裔?”两句。这样,对于意思没有什么损害,反而四个带有“何”字的疑问句接连在一起了。如果把这四句放在《湘君》里边,接着“隐思君兮陫侧”,意思亦颇连贯,并不觉得生硬。就韵例说,亦无影响。只是“横流涕兮潺湲”和“观流水兮潺湲”两句之末都有“潺湲”,现在却在一章了。我想古人对这些地方或者是不拘泥的。《山鬼》:“留灵修兮憺忘归”和“怨公子兮怅忘归”句末不都是“忘归”吗?

然而,这只是我个人一种极不成熟的想法,并没什么根据。文怀沙先生对于闻一多先生《楚辞校补》“有关错简的若干创见”虽然表示“佩服”,但说“不免缺乏勇气接受”;这种谨严的精神,实是值得佩服的。我虽有这样一个想法,实在亦不敢主张真就把这四句改动一番。如果“思公子兮未敢言”这一句在《湘夫人》里本来就能很通顺地讲下去,我那种想法是完全可以打消的。

一九五一年六月十八日于北京师大

附录三

从文怀沙先生的《屈原〈九歌〉今绎》说到“楚辞”中的“予”

周汝昌

据字书,“予”字有两个意义:一是“给”,一是“我”。给是本义,暂且不谈;作“我”解的“予”在《书经》《诗经》《论语》等书里举不胜举,也无问题。“楚辞”——尤其是《九歌》——里用称第一身的字有“余”“吾”“我”“朕”;再有,依旧说,就也还有这个“予”。我现在开始怀疑:“予”可不可能还有第三义?《九歌》里多用的那个“予”字究竟与“余”有无分别?分别是什么?或者说,“予”究竟是否即是“我”的意思?

这个念头是因读文怀沙先生的《屈原九歌今绎》而起的。文先生在“后记”中曾提出,绎《九歌》的第一个困难就是人称代名词的处理。他举《山鬼》篇的“子慕予兮善窈窕”句为例,说:浦江清先生以为全篇皆系山鬼自述的语气,因为:第一段固然是描写山鬼,是旁人看他,但有“子慕予”在内,就无法调协了;所以,山鬼通篇当是第一人称,有如后来戏曲角色出场的自述。文先生未表赞同;我也站在文先生这一边。文先生解决的办法是采用了郭沫若先生的说法:“子慕”读为“慈慕”,“予”读为“舒”[①],乃是说山鬼性情慈爱的意思。

---

①② 把“扬灵”解为“扬舲”,是因为原文“望涔阳兮极浦,横大江兮扬灵”,上下文牵带着水的事,固然甚好;但《离骚》里有“百神翳其备降兮,九疑缤其并迎,皇剡剡其扬灵兮,告余以吉故”,这个“扬灵”上下文并无水事,绝不能解作“扬舲”;所以两个“扬灵”是二是一,还待考虑。《九章》《哀郢》:“被以不慈之伪名”,“慈”字一见。“聊以舒吾忧心”和《惜往日》:“焉舒情而抽信兮”《远游》:“晨向风而舒情”,“舒”字三见。则谓“子慕予”为“慈慕舒”连二破字,在屈原作品中是否有此例,亦不无可商之地步。

这个说法确很新颖。但我觉得大体上说，"楚辞"里的"破字""假借"的情形如"扬灵"为"扬舲"[2]之类，实不太多，并不像甲骨金文里，离开这样解释，便无法读下去。因此，我就对于这个问题有了兴趣，开始揣测。

好的"楚辞"本子，"余""予"字丝毫不乱，分得很清（坏本子如戴震的《屈原赋注》，把"余"多乱为"予"，实要不得。），翻一下的结果，就有个印象：为什么某处用"余"？某处又用"予"？似非无故。进一步的印象是："余"在句头句中的极多，在句尾的很少。而"予"则多在句尾，在句中的只有二例：一即上举之"子慕予"，二为《离骚》里的"夫何茕独而不予听"一句。二例中其一是引起我们注意的那个矛盾原例，未有定案前，无法置论；其二文中并无矛盾可言，亦暂时保留待详。我们且看其余的句尾例：

一、帝子降兮北渚，目眇眇兮愁予。袅袅兮秋风，洞庭波兮木叶下。（《九歌》：《湘夫人》）

二、朝驰余马兮江皋，夕济兮西澨；闻佳人兮召予，将腾驾兮偕逝。（同上）

三、君回翔兮以下，逾空桑兮从女，纷总总兮九州，何寿夭兮在予？（《九歌》：《大司命》）

四、秋兰兮麋芜，罗生兮堂下。绿叶兮素枝，芳菲菲兮袭予。（《九歌》：《少司命》）

五、子交手东行，送美人兮南浦。波滔滔兮来迎，鱼隣隣兮媵予。（《九歌》：《河伯》）

六、杳冥冥兮羌昼晦，东风飘兮神灵雨，留灵修兮憺忘归，岁既晏兮孰华予。（《九歌》：《山鬼》）

七、女嬃之婵媛兮，申申其詈予：曰鲧婞直以亡身兮，终然夭乎羽之野。（《离骚》）

八、吾令帝阍开关兮，倚阊阖而望予：时暧暧其将罢兮，结幽兰而延伫。（《离骚》）

九、命天阍其开关兮，排阊阖而望予；召丰隆使先导兮，问大微之所居。

(《远游》)

十、忽吾行此流沙兮,遵赤水而容与,麾蛟龙使梁津兮,诏西皇使涉予。(《离骚》)

在十个例里,看上去,都好像先有一个"及物动词",后接一个作"我"解的"受事词",这也就是一向的很自然的看法。但问题在:若果是这种句法的话,"楚辞"里还很多,随手罗列,如"揆余""锡余""名余""字余""察余""与余""嫉余""谓余""告余""为余""览余""知余"等等皆是,为什么这里句中都用"余"而上十例句尾却单单都用"予"呢?

有人说:"予"是上声,余吕切;"余"是平声,弋诸切。为了与"渚""下""女""浦""雨""野""与"等字押韵,所以在句尾自然就用"予"而不能用"余"了(当然,在这个说法之下,旧字书所谓"予"读上声时作"给予"解、读平声时作"我"解的分别早已不复能成立了)。这个辩解,初看再合理不过,可是实际上并不能成立,因为有两个反面的理由:

一、上面第二例里,韵脚是"噬""逝",而"召予"居单句(或称之为"上句")——即不押韵的句子,那么有何理由必须用"予"而不可用"余"呢?

二、第九例:韵脚是"予""居""都""闾",毫无疑问地证明这里"予"却是平声而非上声,那么又为什么不正该作"望余"而偏作"望予"呢?问题既然不在押韵上,必然另有所在。上面说:"余"多在句首或句中;这该再说清楚和补充些,就是"余"又是多作"句主",如"余既滋兰之九畹兮",和多作"领有格",如"步余马于兰皋兮""高余冠岌岌兮"。反过来说,"予"所以不在句首或句中的意思,也就是从未当作"句主"或"领有格"用过一次;这点分别最可注意。我因此才怀疑:"余""予"既不是音韵上的区分,而又用法分明有别,尤其重要的是,文先生提出的那个人称代名词的矛盾难处的问题也就多出在那些带有"予"的段落里,这事断非无故,而确有一揣其故之必要了。

自然,有些带"予"的段落也有根本并无矛盾可言的情形,如上面第二例"召予"、第四例"袭予"、第七例"詈予",作"我"解都通得下去。但,不矛盾却不能就

抹杀了矛盾,其余的例就有的可疑、有的且大成问题了。现在分别说一下:

一、第三例:

君回翔兮以下,逾空桑兮从女;纷总总兮九州,何寿夭兮在予?

依旧注,依文先生今绎,“君”“女”皆是指称“大司命”的“你”,这个略无疑问。可是,为什么紧接着又成了“大司命”的自述自问:“何以寿夭之权在我?”呢? 文先生的绎文是:

为什么你有权操纵人们的寿命?

这个事实最可注意,因为这说明文先生也认为这样突兀的“身”的转移情形是罕见的、难解的、无法调协的,因此他才不能不把“予”绎成“你”;这也就说明:“予”是“我”的讲法在这里是通不下去的,是无法成立的。

二、第五例:

子交手兮东行,送美人兮南浦。波滔滔来迎,鱼鳞鳞兮媵予。

恰好,与上例相同,先有“子”,先有“美人”,依旧注和文绎,都即指称“河伯”,也是略无疑问的。但,主题是送“河伯”;波之滔滔,鱼之鳞鳞,也正即切着“河伯”说,这些东西都是“河伯”属下,来迎他是最恰合的;可是为什么到了第四句一下抛开主题——抛开被送的主人而说起送行人的事来,说鱼鳞鳞是“媵予”、是“迎我”?! 上面一例如照旧说还是我们伟大的屈原不懂修辞逻辑,这一例则屈原岂但不懂逻辑,简直是不通情理了! 我认为旧说是有点冤枉了我们伟大的作家,不,简直是歪曲了这个伟大的诗人!

三、与上一例异曲同工的是第一例:

帝子降兮北渚,目眇眇兮愁予! ——袅袅兮秋风,洞庭波兮木叶下。……

上来说出湘夫人分明已降临北渚,这是主题,而只因紧接有一个“愁予”,便只好解为“帝子是降了,但我看不真切因而生愁”。依我看,整个《湘夫人》

第一段皆是描写湘夫人的话，怎么该刚一出“帝子”，随即来个“予”跟着打搅呢？这个“予”我越看越不像是个“我”！

四、第八、第九两例，皆有“望予”，这个更得多费点篇幅，好好分疏一下：

在《离骚》里，屈原叙述了一大段心情之后，郁结不解，无可奈何，只得“溘埃风余上征”“吾将上下而求索”了，他先命令日神“羲和弭节”慢慢而行之后，他又一连气发了六个命令，共计使令了七个常人所不能使令的神或灵物：

1. 前望舒使先驱兮——月神。

2. 后飞廉使奔属——风神。

3. 雷师告余以未具——雷神。

4. 吾令凤鸟飞腾兮（鸾皇为余先戒）——鸾凤。

5. 帅云霓而来御——云神。

6. 吾令帝阍开关兮——天门之神。

伟大的诗人，运用了灿辉瑰奇的想象，无所不供其驱使，他最后说：

> 吾令帝阍开关兮，倚阊阖而望予：时暧暧其将罢兮，结幽兰而延伫，世溷浊而不分兮，好蔽美而嫉妒！

注家在此因了这个“望予”，又出毛病，大概因为“命令帝阍开天门而望我自己”是明不可通，便解为：“我命帝阍给我开天门，他却倚着阊阖用眼望望我——不理我的话”，所以转有了“言阍者拒不肯开也”之类的话头出来。但这是“增字解经”；而且他忘了看我们的第九例，那是在《远游》里，诗人在“掩浮云而上征”之后也照样发出许多道命令：

1. 命天阍其开关兮，排阊阖而望予——天门之神。

2. 召丰隆使先导兮——雷神。

3. 前飞廉以启路——风神。

4. 凤皇翼其承旂兮——凤鸟。

5. 召玄武而奔属——太阳神。

6. 后文昌使掌行兮——文学之神。

7. 左雨师使径待兮——雨神。

8. 右雷公以为卫——雷神，再出。

在这里，叫开天门，驱使诸神的手段，几乎完全和上次一样，在诗人的想象上，任何神物都为我用，无一失败，何独一到帝阍便是“拒不肯开”呢？而且，在此例中分明说：

命天阍其开关兮，排阊阖而望予：召丰隆使先导兮，问大微之所居，集重阳入帝宫兮，造旬始而观清都；朝发轫于太仪兮，夕始临乎于微闾。……

屈原命令天门启后，进入天国，访了大微（紫薇宫），入了帝宫，到了旬始（太白），看了清都（天帝之居），这才离开太仪（天帝之庭），奔于微闾而去。请问：这里的“排阊阖而望予”，是不是也该和《离骚》里同样解作“拒不肯开”呢？如说不，理由何在？如说该，那么，屈原既连大门都进不去，他怎么可能又游了里面那些帝居星座呢？在这个“说不通”之下，“望予”之非“看我”已经很明白，再不该固执了。

五、第十例“涉予”初看似甚通顺，其实不通。“涉”是“徒行历水”，只可说“涉水”“涉河”“涉江”，而不该说“涉你”“涉我”。屈原原意是说，命令蛟龙为津梁，使我的车驾济渡，却叫尊贵的少皞神自己去徒步涉水过去，如同仆从一样，所以用“诏”字，仍是表示诗人想象下使令诸神的能力。

综结上面，我觉得若必拘定旧说，赋“予”字以“我”义，是多半讲不通的。现在的问题，落到正面：那么，到底这个“予”是什么意思呢？我个人暂时倾向于这样一个假想：

“予”在这里可能只是一个声音，而没有实义。

本着这个假想，再去看一下上面的十个例子，若模仿文先生，我便可以这样绎法：

一、高贵的公主——湘夫人啊！你降临在北岸的水旁，

你的双眸渺渺远望，流露出无限忧郁的辉光。

(你看见的是什么啊——)

一阵秋风,微微过处,

洞庭湖上皱起波纹,离柯的黄叶纷纷飘扬。……

二、拂晓,我在江畔驰骋车马,

到傍晚,我渡过西方的水涯。

我恍惚像听见夫人的召唤了!

我将刻不容缓地飞奔着我的车驾。

三、你盘旋而又飘然降临,

我越过空桑山追随着你——大司命之神!

看那广袤多彩的世界啊!

为什么其中又有着寿夭的区分?

四、秋天的兰草和芬香的蘼芜啊,

茂密地丛生在你的神宫阶下:

绿油油的叶子,雪般的白花,

沁心的幽香阵阵地扑人飘洒。

五、终于,你依依地拱着手,顺流东下。

我来送你远行,在这南边的水涯:

汹涌的波涛似乎来相迎迓,

成千成万的鱼们也好像都来接你回家。

六、眼前是那么深暗,白天黑如夜里,

忽然一阵东风,神飘下潇潇的阵雨。

我为你停留在这里,怅然地忘了归去;

年华一旦迟暮,一切的美都归消失。

至于以下第七例等,都非《九歌》,暂无须借用绎文举例了。可以说明的:"詈予"译为"骂我",固无不可,然终觉原文口气是"连素来温顺的女嬃,这时也嘟嘟哝哝地教训起人来",仍可不必拘那个"我"。第八第九两例,重要的是"望予"既不是

"看我",更没有"拒我"的意思,原文分明说:"我命令帝阍开了天门,我便倚着阊阖而放目四望",下文紧接便是屈原所望见的情形——"时暧暧其将罢"与"世溷浊而不分";屈原虽是到了天上,终难忘情于人世,第二次在《远游》里有同样经验,排阊阖而望的结果也是:"忽临睨夫旧乡"! 这个所谓旧乡也正即上次的他所见的那个不能忘情的溷浊的人世,思路全然一样。所以他才"思旧想象,太息掩涕",在天而睹故世,这是他主要的心思和忧伤处;旧注乃以为是在叫天门时便吃了闭门羹,所谓"事与愿违,无往而不龃龉",这不独牵强曲解,而且未免见小而失大了!

上来所举的十个句尾例,大概我的意思如此。但留下的"子慕予"和"不予听"又该怎么办呢?

关于后者,是否即是"不听我",我觉得也还有讨论的余地,因为在《楚辞》里,同样句法也还不无,如:

一、恐年岁之不吾与。(《离骚》)

二、不吾知其亦已兮。(同上)

三、思君其莫我忠兮。(《九章》:《惜诵》)

四、退静默而莫余知兮。(同上)

五、进呼号又莫吾闻。(同上)

六、世溷浊而莫余知兮。(同上)

七、哀南夷之莫吾知兮。(同上)

七例之中,"我"一用,"余"二用,"吾"四用;却没有一例是用"予"的,这也值得我们注意。所以"不予听"是不是即等于"莫余听",是有问题的。《九章》:《抽思》里的"少歌"有一句:"敖朕辞而不听",句法略与"夫何茕独而不予听"相似;我疑心"不予听"即是"不听","予"可能有"给予"本义的成分,犹如现在我们说"不加注意""不予考虑"的"加""予"之义,未必是与"我"有关系的用法。

假如以上的揣测有成立的可能的话,则"子慕予兮善窈窕"的问题也便可以解答,"子慕"可能是"慈慕",也可能是"子既善思兮又窈窕"的意思;总之,"予"绝不是"我",它只是为了音节的数目,加上去的语辞,没有甚大的实义可讲。这样一来，人称代名词的矛盾，几乎都获得相当圆满的解决了。如此，则《山鬼》第一段或可绎为：

看，在那儿——是有一个女郎在深山之崖，①

穿着薜荔的衣裳，系着女萝的裙带。

她的秋波含情，而又巧笑嫣然；

她的感情那么丰富，容仪又那么幽娴。

不过，以上云云，只是个人的一点揣测，一个假想，临时把它记下来。有系统地整理、研究这个"予"字，遍求例证②，才能全面地作一处理，得一结论。个人限于行箧的贫乏，时间的紧迫，一时实作不到，只算把一点意思写下来，提供文先生参考，和专家们读者们讨论、指正吧。

一九五二年八月十三日

思想改造运动总结之夕，于成都。

① "若有人兮山之阿"，文先生说"若"是发语辞如"若曰""若夫"，与"好像"之"若"非一，是极。我现在又想"若"也可作指示代名词用，如云"若个""若人"即是"那个""那人"，并且也可以单用。所以绎作"那儿"，是指词，更有神气。

② 随手举几个诗经的例子：

1.《卫风·河广》："跂予望之"，"予"决不似"我"义，似"而"或"以"义。

2.《郑风·缁衣》："敝予又改为兮"，"予"亦不似"我"义，亦似"而"义。

3.《陈风·墓门》："……夫也不良，国人知之；知而不已，谁昔然矣。……夫也不良，歌以讯之；讯予不顾，颠倒思予。"此例第一"予"亦同"而"；第二"予"则极同《九歌》中"身"之"矛盾"，原文实是：

"夫也不良，歌以讯之——讯而不顾，颠倒思之"的意思，则"予"绝不可能作"我"解。

（另外可注意者即"而"字亦可在句尾作无实义之语辞用。）

4.《小雅·正月》："其车既载，乃弃尔辅，载输尔载，将伯助予"，也是一个身称有矛盾的例子，"予"也不当实解作"我"。

5.《大雅·云汉》："群公先正，则不我助；父母先祖，胡宁忍予"，"予"也绝不像是"我"的意思，因为"忍我"为不辞。

附录四

移译古诗，并不是史无前例。《说苑》《善说篇》上有一首越人歌，是公元前五世纪中叶的鄂君子晳泛舟时所得的。那原文是："滥兮抃草滥予昌枑泽予昌州州𩜱州焉乎秦胥胥缦予乎昭澶秦逾渗惿随河湖。"当时的楚人子晳也不了解。找了"越译"把它翻译出来，译文是："今夕何夕兮，搴舟中流？今日何日兮，得与王子同舟？蒙羞被好兮，不訾诟耻。心几顽而不绝兮，知得王子。山有木兮木有枝，心说君兮君不知。"这可能是中国最古的译诗。（参考郭沫若：《屈原研究》）这一类的例子在欧洲也很多。

中国自五四运动以后，对于古诗移译成语体的工作，也有过相当的成绩。很早以前郭沫若师的《卷耳集》便是最好的例子之一。这工作一方面有意识地把若干文学遗产从历史上重重的曲解中解放出来，另一方面也可以认作为如周扬同志所常常提到的"化承"（这不仅只是继承）工作的一端。所以，基本上是应该被肯定的。问题当然要看译者在移译前曾经付予何等的审慎。

这里我把屈原的《九歌》试绎（区别于译）成语体的诗章。力不从心的地方很多。我想借这个机会将个人感到的困难过程说明一下。

第一是人称代名词的处理，这是移绎《九歌》必须解决的问题之一。我曾经反复致意，求其在表现上比较妥帖。这里试举《山鬼》篇为例。浦江清先生认作全篇皆山鬼自述的语气。他以为第一段固然是描写山鬼，似乎是旁人看她，但有了"子慕予兮善窈窕"一句自述语夹在里面，解释起来就相当困难了。完全作第一人称倒比较合适。譬如在后来中国戏曲里，一个角色出场，他的仪容、装束、来历，甚至于姓名，都由他自己口中说出唱出，毫不足怪。后来请教郭沫若师的结果，终于暂时将浦先生的意见放弃了。我想个人对于解释的取舍，纵或有部分的臆断，可是只要尽量照顾到传达原作的精神，也就可以聊告无罪了。

第二是有关训诂的问题,这是绎文的主要根据,例如上面说的“子慕予兮善窈窕”句,郭师认为“子慕”是“慈慕”,“予”读为“舒”,乃是说性情慈爱的意思,“子”“予”不能作“汝”“我”讲。这样,上述苦思不得的问题,就迎刃而解了。我不妨再举《山鬼》篇的另一例来看。“采秀芝兮於山间”原绎“於”字作前置介词。郭师以为“於山”连读,为名词,即巫山,凡楚辞中兮字,有的有於字作用。如本歌“表独立兮山之上”即“表独立於山之上”。(此例至多,不胜枚举。)故知“采三秀兮於山间”,“於山”必系山名,以音求之,当即巫山。不然则只应作“采三秀兮山间”,於字便成累赘。这确是一大发明。我过去以为於(音乌)字是喉音,巫字是唇音,余杭章先生虽创喉唇音可通转之说,但恐只限于韵母相同者。(於,虞韵;巫,模韵)其实古人音读没有如此的严格。我治学的方法,往往失诸泥守,不能在尘封中拨求到一些恰当的新解。在郭师的烛照下,我真是感到太幸运了。

第三是校勘问题,我很佩服闻一多先生有关这一方面的著述,尤其是《楚辞校补》。只是有关错简的若干创见,我就不免缺乏勇气接受了。

第四是音韵的问题。我主张最重要的是在绎文中尽量把握节拍的舒急。但毫无疑问,原作若干表现出一定的感情的音节,都大大的失色了。如《东君》篇:“緪瑟兮交鼓,箫钟兮瑶簴,鸣篪兮吹竽。思灵保兮贤姱(音户)。翾飞兮翠曾,展诗兮会舞。”这简直可以与最上乘的音乐象征派(Symbolism musical)的诗媲美了。如果我们静聆一位解音的有心人,歌吟这一节诗,我们不难直觉到文字的本身无殊是一节最美妙的乐章了。这一类的例子很多,但远超过移绎者掌握文字音色的能力。

曾有友人来信忠告我,他说:“译事之难,莫难于诗。有如粤木棉素馨,迁地弗为良,况诗歌之美,在乎节族长短之间;虑非译事所能尽也。”这几句话说得很有道理。我认为困难虽是事实。但我们不能因此气馁。我虽然绎得很失败,“抛砖”的作用总是有的。

另外，我所以书名标立"今绎"，而不用"译"字是有原因的，"绎"字的本义有抽绎的意思在，而我自己的解释，却主要的寓有寻绎之义。希望细心的读者们能体会到这一层用意。

最后，我附带说明今绎中改易较多的是《国殇》篇。为了这么短短的绎诗，李一岷先生写了一篇不算太短的专文批评，发表在《人民文学》四卷四期。他严肃地指摘了我在那篇绎诗中的不经心处和谬误处。但限于个人的体认迄今与李先生尚略有出入，所以只能将我所能接受的部分予以修改。其他例如"霾两轮兮絷四马"句，我觉得从前后的语气看，应该寓有破釜沉舟的意思在。后来曾和王汝弼先生讨论过，他很同意我的看法。至于"絷四马"的问题，李先生认为"很显然就是每一辆战车是有两匹马驾的"。这种解释，自不失为解释中之一种(萧云从的插图便是如此理解)，但李先生何以知道那时的一车只驾两匹马呢？事实上，古人一车两马的情况却是比较少见的。又如，"矢交坠兮士争先"句的"士争先"三字，今绎作"战士们个个争先逞强"。李先生认为："争先是争着比别人更快的杀上前去，冲锋。不能解着'逞强'。争先逞强，立在那里也可以争先逞强，并且这样一译，大大解消了战争的气味。"这令我很不明白，立在那里也可以争先逞强么？"逞强"二字纵或不很理想，但它用作"争先"的补足语，并非抹杀"争先"的事实。再如"平原忽兮路超远"句，我将"忽"字解作超远的意思(从闻一多校补)，我觉得并不算错。李先生认定忽字是表示时间的，即"一忽儿"的意思，我却觉得不比闻校的解释好。(李嘉言先生有一篇批评，也提出以上一些和一岷先生不同的意见。)诸如此类的例子我不想再拈举了。我写出这些，并非对李先生有所不满。恰巧相反，我很感谢李先生帮助我对这首诗歌作了较多的推敲，使我作了若干字句上的改正。更何况李先生在文字中所流露出对屈原的热爱，也足以赢得我无比的亲切之感。原想将李先生的大作收为本书附录，但听说他远游国外，无法征得同意，只好作罢。

又本书附录曹述敬先生的宏文，发表于北京师范大学的《爱国主义与文学》一书。(此书承钟敬文先生见贻,并谢。)曹先生系针对发表在《人民文学》的拙绎所作的批评。间或有与修改后的拙绎小有出入。但也不妨提供读者参考,我应该向这位从未见面的曹先生致谢。

一九五一年十二月十日

(原《屈原〈九歌〉今绎》后记)

九章今繹

惜　诵

题解

“惜诵”二字的意义,王逸解作“贪论”是不很妥切的。案诵假为颂,惜即爱惜。“惜诵”乃是不喜欢歌功颂德的意思。在《九章》中,本篇调子比较明朗,但诗人自述他“背膺牉以交痛兮,心郁结而纡轸”等等,不像仅只是抒写个人政治上的一时失意;如果认作二次放逐时的那“九年”的前期作品,我想也是很可以理解的。

·【原文】·**惜诵以致愍兮,**

【译文】我不喜欢歌功颂德,使我陷于忧困,

·**发愤以抒情。**

我按压不住要抒发我内心的愤愤。

·**所非忠而言之兮,**

如果我的陈述不是出于忠诚,

·**指苍天以为正。**

那到他——苍天,可以替我作证。

·令五帝以折中兮，[1]

让古昔的帝王们明确地为我理论，

·戒六神与向服。[2]

我愿面对着六神把话说清。

·俾山川以备御兮，

请高山和大川作为陪审，

·命咎繇使听直。[3]

命司法之祖——咎繇来听取我忠直的声音。

·竭忠诚以事君兮，

竭尽了忠诚，对待着你，

·反离群而赘疣。

这样，完全是多余的，好像一只肉瘤似的。

·忘儇媚以背众兮，

违背了群小的路线，理由是我不懂得谄媚，

---

① 原文："五帝"，指五方神，东方为太皞，南方为炎帝，西方为少昊，北方为颛顼，中央为黄帝。

② "六神"，旧解不一。朱熹认为应是指日，月，星，水旱，四时，寒暑六者。

③ 咎繇，就是皋陶。舜臣，传说造律立狱，乃司法之祖。

·待明君其知之。

只有等待贤明的君王,才能了解我的脾气。

·言与行其可迹兮,

语言与行动是可以彼此印证的,

·情与貌其不变。

而外貌与内心应该是相称的。

·故相臣莫若君兮,

所以,按说没有比君王更能明白地观察臣下,

·所以证之不远。

因为这种考验无须远求,非常容易。

·吾谊先君而后身兮,

君王在先,个人在后;这是我一贯所认为理所当然的,

·羌众人之所仇也。

为什么这竟是被众人所仇视的呢?

·专惟君而无他兮,

没有别的啊,我是专一地思念着你,

·又众兆之所雠也。

可是，那帮小人却又对我恨入骨髓。

·壹心而不豫兮，

我的心志是专一的，毫不迟疑，

·羌不可保也。

为什么具有这种性格，却不能保全自己？

·疾亲君而无他兮，

我这样迫切地接近着你，别无他意，

·有(应作又)招祸之道也。

为什么这是我招取祸患的根由呢？

·思君其莫我忠兮，

体贴你，君王啊！没有比我更忠诚的人，

·忽忘身之贱贫。

我往往会陡然忘记了，考虑自身。

·事君而不贰兮，

对待你，君王啊！我不曾有过二心，

·迷不知宠之门。

我迷惑地不知什么是宠幸之门。

·忠何罪以遇罚兮，

忠诚会有罪过，乃至接受处罚，

·亦非余之所志也。

这真的不是我内心所能想象得到。

·行不群以巅越兮，

由于我的行径与众不同，乃至摔了跤，

·又众兆之所咍也。

这样，又被许多人们嗤笑。

·纷逢尤以离谤兮，

我遇到灾难和毁谤；乱七八糟，

·謇不可释也。

这简直使我受着束缚，没法开交。

·情沉抑而不达兮，

我的感情被压抑着不能吐露，

·又蔽而莫之白也。

我又被人掩蔽着，没有法儿表白和宣告。

·心郁邑余侘傺兮，

我停留于怅惘的境界；我心沉重，

·又莫察余之中情。[①]

没有人关切我的深衷。

·固烦言不可结诒兮，

当然，太多的语言是无法传达出来的，

·愿陈志而无路。

我虽愿陈述我的志愿，可惜已无路可通。

·退静默而莫余知兮，

且退后一步吧，我安静地沉默着，谁能明白我呢？

·进号呼又莫吾闻。

抑或，还是前进地呼号着，可是谁又肯倾听我的声音？

·申侘傺之烦惑兮，

两难的情绪使我迷惘，烦闷，

·中闷瞀之忳忳。

啊，我这颗紊乱和忧伤的心！

---

① 原文："又莫察余之中情"，情字与下一句的路字失韵。疑当作："又中情之莫察余。"郭沫若师则疑"路"字是"径"字的错误。

·昔余梦登天兮，

以前我曾梦游苍天，

·魂中道而无杭。

我的灵魂走到半路上找不到渡船。

·吾使厉神占之兮，[①]

我请大神给我指点。

·曰："有志极而无旁。"

他说："你有志升天，可惜没有渡船。"

·终危独以离异兮，

我问他：我是否终乎陷于孤独危险甚至于遭人离弃？

·曰："君可思而不可恃。

他说："对于君王，你纵可思念他，切不可依依；

·故众口其铄金兮，

因为群小的语言足以消溶最坚硬的金器，

·初若是而逢殆。

所以你当初由于忠信而遭受到危机。

① 原文："厉神"，王逸认为是殇鬼，王夫之则认为是大神之巫。并可通。

清·门应兆作

吾使厉神占之兮。

·惩于羹而吹整兮，[1]

按说上过当的人以后会特别小心谨慎，

·何不变此志也？

为什么你不能改变你的初意？

·欲释阶而登天兮，

你既打算登天，却又放弃阶梯，

·犹有曩之态也。

那也只是从前的那股傻脾气。

·众骇遽以离心兮，

众人惊惶地不能与你同心协力，

·何以为此伴也？

有谁和你在一起？

·同极而异路兮，

你和别人虽同样想靠拢君王，但路途却大大殊异，

·又何以为此援也？

有谁会居中帮助你？

① 原文："惩于羹而吹整"，惩是惩戒的意思，羹是不冒热气的浓汤，整大概是醢酱之类的东西。直译不很像话，故采用意绎。

· **晋申生之孝子兮，**

从前，晋国的太子申生是一位孝子，

· **父信谗而不好**。①

他的父亲厌恶他的缘故，由于爱说小话的骊姬。

· **行婞直而不豫兮，**

说到行为刚愎，赋性耿直的人，

· **鲧功用而不就**。"②

像鲧那样，他的打算终于失败，见弃。"

· **吾闻作忠以造怨兮，**

听说忠贞的人容易与别人结冤家，

· **忽谓之过言**。

过去，我认为这说法未免夸大。

· **九折臂而成医兮，**

又听说臂膀折伤过九次的人，可能成为良医，

· **吾今而知其然**。

---

① 申生是春秋时晋献公的太子。献公娶后妻骊姬。骊姬进谗言，申生遂被逼自杀。

② 鲧，尧帝的臣子，治水不成，被尧帝杀之于羽山。

如今,我才明白了这些话,真是千真万不差。

·矰弋机而在上兮,

我们这个世界,上有弓矢暗藏,

·罻罗张而在下。

下有捕鸟的罗网。

·设张辟以娱君兮,

倘若张设苛政,那只是使昏君欢娱,放荡,

·愿侧身而无所。

而我就会没有容身的地方。

·欲儃佪以干傺兮,

打算徘徊一会儿,觅求或等待机会吧,

·恐重患而离尤。

可是,又恐怕有更大的灾难要临到我的身上。

·欲高飞而远集兮,

打算走吧;远走高飞吧!

·君罔谓汝何之?

又恐怕君王会误会地问我:“你想跑到哪里去游荡?”

·**欲横奔而失路兮,**

打算不由正路,像群小一样乱跑吧!

·**盖志坚而不忍**。

可是,这是不能容忍的;因为我的意志坚强。

·**背膺牉以交痛兮,**

我的前胸和后背像是要裂开一样,

·**心郁结而纡轸**。

我的心灵郁结,痛苦无法埋葬。

·**擣木兰以矫蕙兮,**

我捣碎木兰,揉碎蕙草,

·**糳申椒以为粮**。

舂碎了申椒作为我的食粮。

·**播江离与滋菊兮,**

又播种着江离和滋培着菊花,

·**愿春日以为糗芳**。

我希望到春天,都可以充我的饥肠。

·恐情质之不信兮，

我恐怕我的情意不能让你相信，

·故重著以自明。

所以才一再表明自己的苦心。

·矫兹媚以私处兮，

我宁静保持着这些美德，独善其身，

·愿曾思而远身！

我的身体纵然远离了你，我缱绻的思念仍是这般深沉。

涉　江

题解

本篇大概是写在《哀郢》篇之后，亦即写于屈原仓促间离开了陵阳，开始了另一次流亡的那段时间。他这次的目的地是江南。篇中提到鄂渚以次的地名，可能是预想的话。篇中流露着无限的去国之悲。正由于诗人热烈地眷爱着祖国，因而他在篇末忍不住对于当时的统治者发出了一串无比怨恨的诅咒。

【原文】余幼好此奇服兮，

·【译文】·我从幼年起，就爱好打扮，

·**年既老而不衰。**

而今老了，这习惯始终没有衰减。

·**带长铗之陆离兮，**

瞧！我腰间悬着曼长的宝剑，

·**冠切云之崔嵬。**

头上戴着巍峨通天的高冠，

·**被明月兮珮宝璐。**

还佩着明月般的真珠和宝石，够多美观！

·**世混浊而莫余知兮，**

无处觅取知己，在这污浊的世上，

·**吾方高驰而不顾。**

我不再回头，且奔向辽远的地方。

·**驾青虬兮骖白螭，**

我驾乘着有角的青龙和无角的白龙，

·**吾与重华游兮瑶之圃。**①

陪伴着古帝大舜在美丽的花园游荡。

·**登昆仑兮食玉英。**

我爬上昆仑山，飡食着美玉的花朵。

·**与天地兮同寿，**

我和天地的寿命一般长，

·**与日月兮齐光。**

我放射与日月等量的光芒。

·**哀南夷之莫吾知兮，**

① 原文："重华"，即古帝大舜的名字。

清·门应兆作

驾青虬兮骖白螭。

那南方的蛮夷不能了解我，我哀伤——

·旦余济乎江湘。

等到天亮，我就要渡过江湘。

·乘鄂渚而反顾兮，[①]

登上鄂渚，我回头一望，

·欸秋冬之绪风。

我不禁长叹——一丝寒风向我袭来。

·步余马兮山皋，

且解开我的马匹，让它在山泽漫步，

·邸余车兮方林。

将我的车乘放在山林之隈。

·乘舲船余上沅兮，

我驾一叶扁舟，上溯沅水，

·齐吴榜以击汰。

水手们摇桨又歌唱，击拍着水波。

① 鄂渚，地名，在今湖北省境。

·船容与而不进兮，

那扁舟虽然徐徐地动了，又好像不肯前进；

·淹回水而凝滞。

航到漩水处，可更不易运转。

·朝发枉陼兮，[1]

早晨，从枉陼出发；

·夕宿辰阳。[2]

晚上，过宿在辰阳。

·苟余心其端直兮，

只要我的心志是正直的，

·虽僻远之何伤？

何妨处在偏僻而辽远的地方？

·入溆浦余儃佪兮，[3]

航行到溆浦那地方，我依稀置身在流水回旋的中央，

---

① 枉陼，旧注多以为是地名，按，甘肃有地名琶琵洲，亦名枉渚（一本陼作渚），当非屈原所指，故疑枉陼指枉水，枉水源出湖南常德，向东北流入沅水。

② 辰阳，地名，在今湖南省境。

③ 溆浦，水名，在今湖南省境。

· **迷不知吾所如**。

恍恍惚惚，我辨不清旅途的方向。

· **深林杳以冥冥兮，**

茂密的山林，深暗得不可测量，

· **猿狖之所居**。

那正是猿猴猢狲的家乡。

· **山峻高以蔽日兮，**

山势是这般峭峻，它的高度足以遮蔽太阳，

· **下幽晦以多雨**。

山脚下是这般幽暗多雨而无光。

· **霰雪纷其无垠兮，**

冬天，飘着无边的雪片，

· **云霏霏而承宇**。

天上的云块好像是压住了我们的住房。

· **哀吾生之无乐兮，**

哀怜我的遭遇，真是永远得不到快乐的，

· **幽独处乎山中**。

我孤独地处在这个严寒寂寥的山里。

·吾不能变心以从俗兮，

我不能依从庸俗，有所变易，

·固将愁苦而终穷。

这样，就自然使我终于愁苦而失意。

·接舆髡首兮，[1]

你瞧，楚国的狂人——接舆，连自己的头发都保不住，

·桑扈裸行。[2]

桑扈——这位隐士，也穿不起衣服。

·忠不必用兮，

忠良的人啊，不必被重用，

·贤不必以。

贤者们的求售老是落空。

·伍子逢殃兮，[3]

① 接舆，楚国的狂人。因为看不惯当时，所以髡首——有人认为就是把自己的头发去掉，以示坚决避世不仕。王汝弼先生认为古有髡刑，接舆孤介，乃刑余之人。绎文从之。

② 桑扈，大概就是《庄子》上所提到的子桑户，古隐士。旧注认为去衣裸裎，效夷狄也。细按文谊，乃穿不起衣服的意思。旧注非是。

③ 伍子，就是伍子胥，名员。为吴王夫差臣。谏吴王伐越，不为所纳，遂赐剑自杀。后来吴国为越国所灭亡。

你瞧,正直的伍子胥毕竟受到灾殃,

·比干菹醢。[1]

贤者比干,被剁成肉酱。

·与前世而皆然兮,

历史上全都是这样,

·吾又何怨乎今之人。

目前这些人为什么不可原谅?

·余将董道而不豫兮,

但,我还是决不犹豫地正道而行,

·固将重昏而终身。

毫无疑问,我将在这多难的时代,一辈子凄惶。

·乱曰:

尾声:

·鸾鸟凤皇,

高雅的鸾鸟和凤凰啊,

① 比干,商纣王的臣子。传说纣王无道,比干正谏而被杀。

·日以远兮!

一天比一天离开我更为遥远了!

·燕雀乌鹊,

多嘴饶舌的燕雀和乌鹊啊,

·巢堂坛兮!

它们的窠巢筑到庙堂上面了!

·露申辛夷,

被暴弃的是象征君子的辛夷,

·死林薄兮!

他们都死在阴暗的森林里。

·腥臊并御,

臊的臭的都被重用,

·芳不得薄兮!

芳香抛在一边,有什么希奇。

·阴阳易位,

看呀,月亮和太阳交换了位置,

·时不当兮!

这世界真是不成话!

·怀信侘傺，

怀抱着忠信的人，是那么无聊！

·忽乎吾将行兮！

我还是飘然地远行罢！

哀郢

题解

公元前二七八年，即楚襄王二十一年，楚国为秦所败。楚国的京城——郢都也被秦大将白起所攻陷。楚王仓皇地逃到陈城去。这位昏聩的统治者，连自己的祖坟都保不住，楚王陵墓皆遭秦兵挖掘烧毁。诗人在动乱途中，目击人民的灾难深重，祖国的形势垂危。满腔的悲愤和他那股强烈的家国之爱都可以从这首诗章中读到。这应该是他殉国前不久的作品。

·【原文】·**皇天之不纯命兮，**[①]

【绎文】老天爷，你太糊涂了，

·**何百姓之震愆？**

为什么让百姓们在动乱的生活中凄惶？

·**民离散而相失兮，**

瞧，他们在颠沛流离，彼此失去了依仗，

---

① 原文："皇天之不纯命兮"，朱熹云："纯，不杂而有常也。"我认为所谓"纯命"，便是皇天能履行它的任务——福善祸淫。不纯命的意思反是。

·方仲春而东迁。[1]

为了逃避灾难，向东迁徙，那是正当二月的时光。

·去故乡而就远兮，

踏上远行的道路，背弃了故乡，

·遵江夏以流亡。[2]

沿着夏水流亡。

·出国门而轸怀兮，

步出了国都的门，我痛苦地思量，

·甲之鼂吾以行。

那一天的早晨，我就动身东行。

·发郢都而去闾兮，

从郢都出发，别了家乡，

·怊荒忽其焉极？

前途是那么恍恍惚惚一片迷茫。

① 戴震云："屈原东迁，疑即当顷襄元年，秦发兵，出武关，攻楚，大败楚军，取析十五城而去。时怀王辱于秦，兵败地丧，民散相失，故有皇天不纯命之谓。"（见戴震：《屈原赋音义》）

② 夏水，在今湖北省境。

·楫齐扬以容与兮，

我们都齐举起船桨，可是我的心迟疑，

·哀见君而不再得。

我悲哀的是不再能见到你。

·望长楸而太息兮，

望着高大的梓树，我禁不住叹息，

·涕淫淫其若霰。

眼泪哟，有如雪珠似的。

·过夏首而西浮兮，

经过夏水口，随着江水迂回往西，

·顾龙门而不见。[①]

回头，看不见龙门在哪里？

·心婵媛而伤怀兮，

无限的牵挂，和伤感盘旋在我的心房，

① 朱熹注："楚都南关二门，一名龙门，一名修门。"《水经》云："龙门即郢都之东门。"

清·门应兆作

过夏首而西浮兮，顾龙门而不见。

· **眇不知其所蹠?**

眼前苍茫,不知何处是我立足的地方?

· **顺风波以从流兮,**

且随着风浪漂泊吧,

· **焉洋洋而为客?**

我是旅客,谁知道飘向何方?

· **凌阳侯之氾滥兮,**

我乘着水神所泛滥的水波,

· **忽翱翔之焉薄?**

陡然,我像是飞起来了,哪儿是我停驻的地方?

· **心絓结而不解兮,**

我的心悬空,郁结,没有法儿解,

· **思蹇产而不释。**

我的思路迂曲,封锁,没有处放。

· **将运舟而下浮兮,**

我将要运转我的船顺流下行,

· **上洞庭而下江。**[1]

洞庭湖就在大江的南方。

· **去终古之所居兮，**

告别了祖先们所居留的土地，

· **今逍遥而来东。**

我飘然地东航！

· **羌灵魂之欲归兮，**

我的灵魂老惦记着回去，

· **何须臾而忘反？**

没有一刻我能放下回去的想象。

· **背夏浦而西思兮，**

经过夏浦，我面向东，思念却背道而驰，

· **哀故都之日远。**

我悲哀离开郢都的道路一天比一天更远，更长。

① 蒋骥云："洞庭入江之口，在今岳州巴陵县。上洞庭而下江，上下，谓左右。《礼》：东向西向之席，俱以南方为上。今自荆达岳，东向而行，洞庭在其南，故以洞庭为上而江为下也。"王汝弼先生认为应绎作："进入了洞庭湖，走下了长江。"

·登大坟以远望兮,[1]

我爬上水洲纵目回望,

·聊以舒吾忧心。

这样,或者可以舒散我忧愁的心肠。

·哀州土之平乐兮,

乡邑的土地如此富饶,使我的心又泛起哀伤,

·悲江介之遗风。[2]

更何况江畔的流风是如此淳朴,如此健康。

·当陵阳之焉至兮,[3]

前面的航程被汹涌的波涛挡住了,怎么能得到啊?

·淼南渡之焉如?

一望无际,南渡也没有办法。

·曾不知夏之为丘兮,

---

① 旧注为:“水中高者为坟”,疑即指水洲。

② 蒋骥云:“介,侧畔也。遗风,谓故家遗俗之善。州土平乐,江介遗风,皆先世养育教诲以贻后人者,故对之而愀然增悲焉。”

③ “陵阳”,戴震以为:“上云陵阳侯之氾滥,此言当陵阳,省文也。”蒋骥则谓:“陵阳在今宁国池州之界,汉书丹阳郡陵阳县是也。”案洪兴祖补注亦认陵阳为地名。戴蒋两说,并能通解。绎文从戴注。

谁能逆料昔日的大厦会变成了土堆堆，

·孰两东门之可芜？[①]

谁又能想到郢都的两座东门也荒芜得不成话？

·心不怡之长久兮，

内心难受了这么久，

·忧与忧其相接。

忧愁衔接着另一个忧愁。

·惟郢路之辽远兮，

想起距离郢都的道路是多么遥远，

·江与夏之不可涉。

江水与夏水也找不到渡头。

·忽若去不信兮，

① 戴震云："按夏屋为墟，两东门芜塞，盖有见于顷襄所为而云。史记顷襄元年，秦攻楚，取析十五城；十九年，楚割上庸汉北地予秦；二十年，秦攻西陵；二十一年，秦遂拔郢，烧先王墓夷陵，楚东北保于陈城。屈原哀郢，所虑及者远矣。"按"曾不知夏之为丘兮，孰两东门之可芜"句，蒋骥有一别解，说颇新颖。其说曰："夏，即夏水也，在江之北。丘，丘陵也。孰，沈韵，何也。两东门，郢之东关二门也。言已摈逐陵阳（按蒋说解陵阳为地名），不得越江而北，虽夏水化为丘陵，且不能知；何有于郢之城阙，或者荡为芜秽平。甚言己居陵阳，年深地僻，与郢隔绝也。"

我的神智恍惚,我不能相信我是离开了郢都,

·至今九年而不复。[①]

可是整整九年了,我被放逐在外面,没有回去的希望。

·惨郁郁而不通兮,

忧满衷怀,我的思虑也闭塞了,

·蹇侘傺而含感。

我的心都缩小了,我是如此惆怅。

·外承欢之汋约兮,

那批群小,用一副媚态取悦君王,

·谌荏弱而难持。

它们的伎俩真能使软弱的人无法抵抗。

·忠湛湛而愿进兮,

我有甘愿支付出来的忠贞满腔,

·妒被离而鄣之。

可是这些都被重重的妒嫉遮挡。

① 戴震注:"方晞原云:卜居之既三年,当为怀王时。此篇上言淼南渡之焉如,则至今九年,盖顷襄迁之江南,及是九年也。"

·尧舜之抗行兮，

你想尧舜的行为多么高亢，

·瞭杳杳而薄天。

他们具有能接触着苍天的远大的目光。

·众谗人之嫉妒兮，

可是，也同样遭受着奸人嫉妒与毁谤，

·被以不慈之伪名。①

用“不慈爱”的恶名罩在贤者的身上。

·憎愠怆之修美兮，

君王所憎厌的是深忧远虑的正直的人，

·好夫人之慷慨。

他所喜欢接受的却是喜为浮说的假模样。

·众踥蹀而日进兮，

于是，群小一天比一天更能靠近君王，

·美超远而逾迈。

而和正直的人越离越远了，走着相反的方向。

① 尧舜让帝位与贤者，而不与子，故有不慈之名。庄子云：“尧不慈，舜不孝。”盖战国时流俗有此语也。

·乱曰：

尾声：

·曼余目以流观兮，

放开我的目光往远处观望，

·冀壹反之何时？

我希望能回去一次，不知在什么时光？

·鸟飞反故乡兮，

鸟啊！飞啊！飞回你的旧巢，那是你的故乡。

·狐死必首丘。[1]

狐啊！你至死还是恋恋于你生身的地方。

·信非吾罪而弃逐兮，

我没有罪啊，而被抛弃，被流放在这远方。

·何日夜而忘之？

白天夜里，这一天又一天的日子我怎么能忘？

① 原文："狐死必首丘"，古代传说狐死时必以首枕丘，不忘其所自生也。

抽 思

题解

一般说来,本篇应该是《九章》中比较早期的作品。许多人都论断它是写在楚怀王时代,即第一次被放逐在汉北的那个期间。但文字的风格和《九章》大部分的篇什是非常接近的。如果汉北云云可作为诗人根据回忆所设的虚拟之词,那么把它归之于郢都沦陷前的那个《九年》中的作品,或未尝不能成立。

·**【原文】**·**心郁郁之忧思兮,**

【绎文】我的心情是这样黝黯而且沉重,

·**独永叹而增伤。**

独自在长长的叹息,感到层层的忧伤。

·**思蹇产之不释兮,**

思路纠缠,难解难分,我心彷徨。

·**曼遭夜之方长。**

夜啊!你是这般的长!

·**悲秋风之动容兮,**

萧索的秋风，使万物改变了它们的颜色，

·**何回极之浮浮？**[①]

为什么世界的运行也是如此飘荡？

·**数惟荪之多怒兮，**

我老是惦着，你这爱乱发脾气的君王，

·**伤余心之忧忧。**

因而，我的内心有太多的忧伤。

·**愿摇起而横奔兮，**[②]

我愿意即刻站起来，放开腿奔跑啊，

·**览民尤以自镇。**

我看到人民都在受罪，我个人的痛苦算得什么？

·**结微情以陈词兮，**

---

① 原文："何回极之浮浮"，王逸谓："回，邪也；极，中也；浮浮，行貌。怀王为回邪之政，不合道中，则其他流行，群下皆效也。"洪兴祖补注云："极，至也。诗曰：'江汉浮浮'，浮浮，水流貌。此言回邪盛行，犹秋风之摇落万物也。"王、洪说，皆嫌迂回。朱熹疑"回极"指天极回旋之枢轴，"浮浮"言其运转之速。蒋骥释"回极"与朱同，"浮浮"则为浮动之义。我认为蒋说差近。所谓"天极回旋之枢轴"，殆现代人所谓地轴欤？用地轴绎之，也似乎不像话。故如今绎。

② 原文："愿摇起而横奔兮"，"摇起"一本作"遥赴"，殆不可凭。王念孙谓"摇起"，疾起也，与"横奔"相对为文。

我要将我这些感受都给说出来，

· **矫以遗夫美人**。

将这一切告诉君王，使他早日明白。

· **昔君与我成言兮，**

从前，你和我说好，

· **曰："黄昏以为期**。"

你说："我们相依为命到终老。"

· **羌中道而回畔兮，**[①]

可是，你走到半路上，折回去了，

· **反既有此他志**。

你一定别有怀抱。

· **憍吾以其美好兮，**

你骄傲地炫耀着你的美好和财富，

· **览余以其修姱**。

你对我卖弄着你的优越的脚步。

① 原文："回畔"，王夫之谓，反背也。

·与余言而不信兮，

你对我说的话全不作数，

·盖为余而造怒。

你对我的态度，只是故意迁怒。

·愿承间而自察兮，

我愿意有一个时候，平心静气地作一番表白，

·心震悼而不敢。

可是，我这颗悸动的受伤的心灵，却如此不安。

·悲夷犹而冀进兮，

犹豫，悲哀，但我仍然希望向君王进言，

·心怛伤之憺憺。[①]

纵使我的心显得如此的惨憺，彷徨。

·历兹情以陈辞兮，

抒发我愤懑的感情，我陈述我的语言，

① 原文："憺憺"，洪兴祖朱熹都认为是安静的意思，虽可通解，但嫌迂曲。王夫之蒋骥则认为是动貌。王夫之谓："憺憺，犹言荡荡，动而不宁貌。"我以为除此以外，尚有惨憺之意在。

· **荪详聋而不闻。**

君王啊，你装聋，你假装听不见。

· **固切人之不媚兮，**①

像我这样恳切的人是不懂得软媚逢迎的，

· **众果以我为患。**

可是，群小都认为我是他们的眼中钉。

· **初吾所陈之耿著兮，**

当初，我所陈述的都是耿直而且明白的，

· **岂至今其庸亡？**②

难道到现在就全被遗忘？

· **何独乐斯之謇謇兮，**

并不是我爱不止休地进此忠言，

· **愿荪美之可光。**

因为你完善的美德，是我的希望。

· **望三五以为像兮，**

① 原文："切人"，闻一多疑当作切言。切言是切直之言的意思。

② 原文："庸亡"，蒋骥谓："庸字之义，与宁相近。亡，忘同。"

希望你以古圣三皇五帝作为你的榜样，

· **指彭咸以为仪**。

至于古贤彭咸，那是我所向往。

· **夫何极而不至兮?**

哪里会有走不尽的远道?

· **故远闻而难亏**。

事实上，伟大的声名是长垂不朽的。

· **善不由外来兮，**

善良的品格，全靠自己修养，

· **名不可以虚作**。

伟大的声名，也不可能用虚伪换得。

· **孰无施而有报兮，**

哪里有不经给予的报酬?

· **孰不实而有获?**①

哪里有不经劳动的果实?

① 原文：“孰不实”，朱熹以为实当作殖。

·少歌曰：

小歌：

·与美人之抽怨兮，

君王啊！我为你剖露我不平的怨愁，

·并日夜而无正。[①]

无论是白天夜里，我想不出我致怨的理由。

·憍吾以其美好兮，

你骄傲地炫耀着你的美好和财富，

·敖朕辞而不听。

对于我的意见却一味不肯接受。

·倡曰：

歌唱：

·有鸟自南兮，

我是从南方飞来的一只鸟，

·来集汉北。

① 绎文从王夫之通释。所谓日夜累之，不得其理是也。

停留在汉北这地方。

·**好姱佳丽兮，**

瞧，我的模样长得多么美妙，

·**牉独处此异域。**

这是陌生的异乡，我背离了故土来到。

·**既惸独而不群兮，**

我没有兄弟，没有伴侣，性情孤高，

·**又无良媒在其侧。**[1]

也没有热情的媒人在你的身边替我介绍。

·**道卓远而日忘兮，**

道路是这般遥远，你对我的记忆一天比一天更为冲淡，

·**愿自申而不得。**

这是不可能的，纵然我愿意向你自剖。

·**望北山而流涕兮，**

我望着北山，流着泪，

·**临流水而太息。**

① 原文："又无良媒在其侧"，蒋骥云："良媒，指左右之贤臣。（怀沙按：当指怀王左右之贤臣。）其侧，君侧也。"绎文从蒋说。

清·门应兆作

望北山而流涕兮，临流水而太息。

我在流水畔叹息。

·望孟夏之短夜兮，[①]

记得初夏之夜的时间是很短的，

·何晦明之若岁？

可是从黑夜守望到天明，却像一年那样长。

·惟郢路之辽远兮，

郢都的道路是多么辽远，

·魂一夕而九逝。

我的灵魂每一个晚上一次又一次的归去。

·曾不知路之曲直兮，

我也没有考虑到道路的崎岖，

·南指月与列星。[②]

朝南方的天空一看，一弯明月，历历群星。

·愿径逝而未得兮，

我打算直接到你那儿去，我的心踟蹰，

·魂识路之营营。

① 抽思篇首有“悲秋风之动容兮”句。此处言孟夏，当系追述之辞。

② 原文：“南指”，大概由于郢都在汉北之南，故其路曰南指。

虽然，我孤独的灵魂已经很熟悉那条道路。

·何灵魂之信直兮，

为什么我的性格是如此忠实，正直，

·人之心不与吾心同。

而别人的想法与我的想法这样不同？

·理弱而媒不通兮，

接近我的能够进言的人都差劲，

·尚不知余之从容。

他们都不能了解我安详的外形里所隐伏的焦虑。

·乱曰：

尾声：

·长濑湍流，

水势这样急险，

·溯江潭兮。

我想逆流而返。

·狂顾南行，

我的目光在急切地左右扫视中南航，

·聊以娱心兮。

我且放宽了我的心肠。

·轸石崴嵬，[1]

瞧，两岸的奇石巍峨，

·蹇吾愿兮。

这一切，应该是被我所爱好。

·超回志度，

可是，我远忆起我从前所抱负的意志，

·行隐进兮。[2]

我想前进，我又不免伤心。

·低佪夷犹，

我的心低沉，迟疑，

·宿北姑兮。[3]

晚上，住宿在北姑那地方。

·烦冤瞀容，

我的心烦乱极了，我的外形也呈现出不安的神色，

---

① 原文："轸石"，旧注多解轸义为方。王夫之以为轸，视也。绎文从之。

② 原文："隐"，洪兴祖补注根据《说文》认为："隐，安也。"王夫之则认为："隐，伤也。……欲行而伤于进，是以心终不可得而娱也。"按下文有"低佪夷犹"的语句，细酌文谊，王夫之说较妥，绎文从之。郭沫若师认为"进"字乃"难"字之误，"难"与上"愿"字为韵。

③ 北姑，地名。未详今在何处，以意揣之，当近汉北。

·**实沛徂兮**。

我恨不得随浩浩江水流去。

·**愁叹苦神，**

我忧愁，我叹息，我的神智憔悴；

·**灵遥思兮**。

我的心灵在作遥远的想象。

·**路远处幽，**

路是那般遥远，我却驻留在这偏僻的地方，

·**又无行媒兮**。

又没有人居中替我作申述，表白。

·**道思作颂，**

为了说明我的思想，我写着我的小诗，

·**聊以自救兮**。

这只能是聊以自解而已。

·**忧心不遂，**

我忧愁的心意是落空了，

·**斯言谁告兮？**

我的语言能用以告诉谁呢？

怀　沙

题解

汉朝人多根据司马迁的《屈原列传》,认为《怀沙》是怀沙砾而自沉的意思。蒋骥则认为《怀沙》之名与《哀郢》《涉江》是同样的道理,即怀念长沙的意思。过去很多人认为它是屈原的绝笔,这是不妥的,但它写在屈原自沉不久前,却是可以断定的。

·【原文】·**滔滔孟夏兮;**

【绎文】正当初夏,好一个悠长的天气;

·**草木莽莽。**

茂盛的草木,一望无际。

·**伤怀永哀兮,**

我伤怀,我沉入长久的悲哀里,

·**汩徂南土。**

我毅然奔向那南方的边地。

·**眴兮杳杳;**

前途是那么渺茫，当我瞩目一瞥——

·**孔静幽默**。

悄悄地没有人声，四周这般静谧。

·**郁结纡轸兮，**

重重的委曲和痛苦，在我心头郁积，

·**离慜而长鞠**。

自从遭受忧患，我的穷困是长期的。

·**抚情效志兮，**

扪心自问，久久评析着自己的心意，

·**冤屈而自抑**。

这满腹冤屈，只有强自压抑。

·**刓方以为圜兮，**

我不妨把方的东西，改削成圆的，

·**常度未替**。

可是，合理的法则却不能远离。

·**易初本迪兮，**

如果把原有的善良的本质也抛弃，

·**君子所鄙**。

正道的人们将认为可鄙。

· **章画志墨兮，**[①]

这好比工匠的规画和绳墨应该明确牢记，

· **前图未改。**

我们过去的法度也同样不容改易。

· **内厚质正兮，**

而敦厚的内在和正直的本质，

· **大人所盛。**

那正是君子们所赞美的。

· **巧倕不斫兮，**[②]

如果巧倕不举起他的斧子，

· **孰察其拨正？**

谁又能认识到他的神技？

· **玄文幽处兮，**

---

① 原文："章画志墨"。章，明也；画，规画；志，记住；墨，绳墨。工匠画直线必须用绳和墨。

② 倕，古代有名的巧匠。

暗色的文采放在光线不充足的地方，

·矇谓之不章。

光眼瞎子一定会说看不清爽。

·离娄微睇兮，[①]

明察秋毫的离娄，不费力地看了一眼，

·瞽以为无明。

瞎子却误认为对方和自己一样。

·变白以为黑兮，

把白的颜色，看作黑的颜色；

·倒上以为下。

又把上下颠倒，在我们这个世界上。

·凤皇在笯兮，

被关在笼子里的是美丽的凤凰，

·鸡鹜翔舞。

家鸡和鹭鸶反倒得意地飞翔。

·同糅玉石兮，

① 离娄，黄帝时人，明目，能见百步之外，秋毫之末。

清·门应兆作

凤皇在笯兮，鸡鹜翔舞。

宝玉和顽石混杂在一起，

·**一概而相量**。

毫无区别地予以等价相量。

·**夫惟党人之鄙固兮，**

想起那帮小人，真是鄙劣得很，

·**羌不知余所臧**。

他们不可能知道我这善良的心肠。

·**任重载盛兮，**

我载负着这个时代所交付给我的重量，

·**陷滞而不济**。

我被陷在这泥沼多阻的道上。

·**怀瑾握瑜兮，**

我怀抱着，把握着美玉的光芒，

·**穷不知所示**。

在穷困的时日中，没有人来鉴赏。

·**邑犬群吠兮，**

你瞧，那村犬在成群的狂吠乱嚷，

·吠所怪也。

只是为了它们所认为奇怪的形象。

·非俊疑杰兮，

至于，对豪杰猜忌，对英雄毁谤，

·固庸态也。

那自然是庸俗的人所习惯的伎俩。

·文质疏内兮，

由于我的外貌落落，中情木强，

·众不知余之异采。

大家都看不出我与众不同的特长。

·材朴委积兮，

正好比粗大有用的木料，堆积一旁，

·莫知余之所有。[①]

谁也不知道它们可以作为栋梁。

·重仁袭义兮，

我重叠地穿上了仁义之衣，

---

① 原文："莫知余之所有"，承上句的意思是，谁也不知道我有那些有用的木材。这自然是一种比喻。因为希望把意思说得更清楚些，因采取更大胆的意绎。

· **谨厚以为丰。**

我的忠诚厚重就是充实我自己的根基。

· **重华不可遌兮，**

但，古帝大舜是不可能遇见，

· **孰知余之从容？**

谁还能了解我的行为？

· **古固有不并兮，**

自古以来，圣贤不并时而生，

· **岂知其故也？**

谁知道这是什么缘故？

· **汤禹久远兮，**

大禹和商汤两位贤君，离开我们太久远了，

· **邈不可慕也！**

久远得使我们无法思慕。

· **惩违改忿兮，**

且止住并且改变我的愤怒，

· **抑心而自强。**

把这颗颤动的心灵,勉强收住。

·**离慜而不迁兮,**

我不会丝毫动摇,我虽遭受忧患,

·**愿志之有像。**

希望我坚强的意志能够有实现的一天。

·**进路北次兮,**

我顺着道路,往北方前进,

·**日昧昧其将暮。**

太阳也昏沉沉地将要下山。

·**舒忧娱哀兮,**

且抒散我的忧愁,在悲哀中自求欢欣,

·**限之以大故。**

等死亡那天,便是到了我的大限。

·**乱曰:**

尾声:

·**浩浩沅湘,**

那浩浩荡荡的沅湘二水啊,

·分流汩兮。

日夜不止休地分流着。

·修路幽蔽，

经过多少偏僻多阻的道路啊，

·道远忽兮。

是那么遥远，遥远得没有尽头。

·怀质抱情，

我怀抱着一副忠实的心情，

·独无正兮。

这样，就孤独地找不到志同道合的人。

·伯乐既没，①

善于相马的伯乐，已经死了，

·骥焉程兮。

纵有千里马，谁又能认识它？

·民生禀命，

一切人们的生命啊，

① 伯乐，人名，就是孙阳。曾事秦缪公，以善于相马著名。

·各有所错兮。

都各有他们一定的位置。

·定心广志,

且安心吧,宽怀吧,

·余何畏惧兮?

还有什么值得让我害怕?

·曾伤爰哀,[①]

重重的忧伤,不能止休的哀怨,

·永叹喟兮。

我只有付之一次又一次地叹息。

·世混浊莫吾知,

污浊的世界里,有谁是知己?

·人心不可谓兮。

人心不可测,也无须多加解释。

·知死不可让,

唉,我知道死亡无法躲避,

---

① 原文:“曾伤爰哀”,王逸认为,爰,于也。不妥。“曾伤”与“爰哀”宜为对文。《方言》:“凡哀泣而不止曰咺,曰爰。”爰哀就是不止休的哀怨。

· **愿勿爱兮**。[①]

何必过分爱惜自己的身体?

· **明告君子**,

正直的君子们啊,我向你们说明我的心迹,

· **吾将以为类兮**。

那杀身成仁的古贤,将永恒地和我在一起。

① 原文:"愿勿爱兮",洪兴祖云:"屈子以为知死之不可让,则舍生而取义可也。所恶有甚于死者,岂复爱七尺之躯哉。"旧注多释爱为自爱,爱惜之义。今绎从之。但戚学标之说亦颇可取。戚氏认为:"说文㤅从心旡声,古文㤅旡读饮,今通用爱字。《礼记》注爱或为哀。哀读衣,爱如之。"姑引注于此,以供参考。

思美人

题解

本篇的写作期，可能邻近《抽思》，美人是指楚王。正有如《抽思》一样，本篇也有人推断为楚怀王时所作，但论据还不如《抽思》充分，因而还是把它归之顷襄时代《哀郢》之前比较合适。

·**【原文】·思美人兮，**

【绎文】我思念你啊！

·**擥涕而伫眙。**

我擦干了眼泪，老站在这儿发愣。

·**媒绝路阻兮，**

前途多阻，全给隔绝了——我的朋友们，

·**言不可结而诒。**

我满腹郁结的语言没法说得清。

·**蹇蹇之烦冤兮，**

太多的烦乱和冤屈啊，

·**陷滞而不发。**

无从抒发，都停滞地陷在内心。

·申旦以舒中情兮，

我仔细观察后，想陈诉我的心志，

·志沈菀而莫达。

可是我的心志沉结，也没有机会表明。

·愿寄言于浮云兮，

我希望将我的语言寄给天上的浮云，

·遇丰隆而不将。

可是，云师——丰隆偏偏不肯。

·因归鸟而致辞兮，

我看见归去的飞鸟，我想托它捎信，

·羌迅高而难当。①

可是，那飞鸟，飞得那么快，那么高。

① 原文本作："羌宿高而难当"，据一本改作"宿"字为"迅"。闻一多谓："宿为夙之异体。古隶夙作殂，迅作訊，形相近。疑此本作迅，误为殂，又转写作宿。迅有跃义。说文曰：'跃，迅也。'跃训迅，则迅亦训跃。又有飞义。说文曰：'卂，疾飞也。'卂为迅之初文。合此二义则直飞刺上，亦谓之迅。'因归鸟而致辞兮，羌迅高而难当'者，谓将畀辞于鸟，而鸟已高举也。"（参考《闻一多全集》第二册四三〇页）案闻说甚是。王夫之据"宿高"，释为"鸟宿高枝"，终觉未妥。又"难当"之"当"字，疑有"挡"义。

· **高辛之灵盛兮，**

我想起古帝高辛氏有多么美善的德行，

· **遭玄鸟而致诒。**[①]

他遇见了美丽的燕子送给他神异的礼品。

· **欲变节以从俗兮，**

我打算改易自己的操守，从俗浮沉，

· **愧易初而屈志。**

然而，改易自己是羞辱的，我不能委屈我的灵魂。

· **独历年而离愍兮，**

我个人这些年遭受到灾害，

· **羌冯心犹未化。**

可不能转变的是，我这颗愤怒的心。

· **宁隐闵而寿考兮，**

我宁可就这样走向生命的末梢，默默无闻，

· **何变易之可为？**

我也不能改变我的操行。

---

① 高辛，帝喾有天下之号也。乃黄帝的曾孙，生而神灵，自言其名。传说喾妃吞玄鸟卵而生契。玄鸟疑即燕子。

·知前辙之不遂兮，

我明白从前的作为是很不顺遂的，

·未改此度。

但，我从未改变我的法度。

·车既覆而马颠兮，

纵使车子和马匹都翻了身，

·蹇独怀此异路。

我仍然是怀念着我这条与众不同的道路。

·勒骐骥而更驾兮，

我又一次勒住骏马的缰绳，

·造父为我操之。①

我请造父替我抓住马的辔头。

·迁逡次而勿驱兮，

让它顺着路缓缓地走罢，

·聊假日以须时。

我等待另一个时候，好休息一会儿。

① 造父，是秦的先人，以善御著名。

清·门应兆作

勒骐骥而更驾兮，造父为我操之。

· **指嶓冢之西隈兮，**[①]

我指着那西方的嶓冢山的深处，

· **与纁黄以为期。**

直到太阳光微弱下去，便是我的时候到了。

· **开春发岁兮，**

春天来了，开始了新的一年，

· **白日出之悠悠。**

太阳升起，是那么悠闲。

· **吾将荡志而愉乐兮，**

我将要摆脱我的想象，觅取欢愉，

· **遵江夏以娱忧。**

沿着江水夏水游玩，将我的忧愁排遣。

· **擥大薄之芳茝兮，**[②]

我攀摘丛生的芳茝，

① 嶓冢，山名，汉水发源的地方。

② 茝，即芷。或称苻蓠。学名 Heracleum lanatum。伞形科，多年生草木。

· **搴长洲之宿莽**。[①]

我采取水洲的宿莽，

· **惜吾不及古人兮，**

可惜，我没有赶上古代的人，

· **吾谁与玩此芳草**。

我能和谁在一块儿欣赏这些美丽的花草。

· **解萹薄与杂菜兮，**

拔取成丛的萹蓄草和别的杂菜，

· **备以为交佩**。

权且用它们揉合起来作为我的佩带。

· **佩缤纷以缭转兮，**

这佩带也还美，也还美啊！

· **遂萎绝而离异**。[②]

① 宿莽，郝懿行《尔雅义疏》："凡草通名莽，惟宿莽是卷施草之名。"故知宿莽区别于莽。

② 萹薄以次四句，各家的理解都有出入。王夫之认为萹菜为恶物。朱熹则认为"备以为交佩"，所佩的是指上文的茝莽。说皆可通，但嫌迂曲。我认为蒋骥的解释有部分可取。萹菜皆不芳而可食，以喻中材可用之人。所以这四句的意思是影射一般中材之人的不可恃。又萹蓄，学名 Polygonum aviculare，蓼科，为多年生草木；夏秋间开细花，白色带红。

可是，不久连这些都凋谢，败坏。

·吾且儃佪以娱忧兮，

我暂时或前或后地走着，遣散我的忧愁，

·观南人之变态。

我看见那南方的人有着不同的体态。

·窃快在中心兮，

我感到有一种洋溢在心头的愉快，

·扬厥凭而不俟。

我放开我的愤懑，我不必再有所等待。

·芳与泽其杂糅兮，

芬芳和光彩集合在一块，

·羌芳华自中出。

啊，一朵朵鲜葩都从我美善的内心滋长起来。

·纷郁郁其远蒸兮，

这蒸发出来的馥郁的芬芳，散向远方，

·满内而外扬。

它不仅充满了我的内在，而且向外发扬。

·情与质信可保兮，

我的感情和本质是可以依恃的，

·**羌居蔽而闻章**。

我的美名远播，虽然我居留在这穷困的地方。

·**令薜荔以为理兮**，[①]

想叫枝头的薜荔替我介绍，

·**惮举趾而缘木**。

可是，我举步为艰，又不会爬树。

·**因芙蓉而为媒兮**，

请水中的荷花替我作合吧，

·**惮褰裳而濡足**。[②]

又怕提起裙裳，沾湿了我的脚。

·**登高吾不说兮**，

我不喜欢往高处爬，

---

① 薜荔，即《尔雅翼》上所谓的鬼馒头，学名 Flcus Pumila，常绿蔓性木本，山野自生，茎平卧或上升。叶卵形或倒卵形，互生。花形小；果实与无花果相似，外皮坚硬，初为绿色，成熟时转为暗褐色。民间取果实和水捣汁，作为夏季的冷饮料。

② 原文“褰裳”，原作蹇裳，从朱熹集注改。褰同攘，抠衣也。抠，提起来的意思。

· **入下吾不能**。

我也不屑往低处走。

· **固朕形之不服兮,**

这一切,都是我的身体所不习惯的,

· **然容与而狐疑**。

可是,我的心志徘徊,又感到犹豫。

· **广遂前画兮,**

全依照从前的办法做吧,

· **未改此度也**。

我又怎么能改变我自己的方针啊?

· **命则处幽吾将罢兮,**

命运使我处在阴暗的地方,我算是完了,

· **愿及白日之未暮**。

我希望在太阳下山以前,我能到达。

· **独茕茕而南行兮,**

我孤单的身心往南走去,

· **思彭咸之故也!**

彭咸啊,我正在思念着你哟!

惜往日

题解

本篇可能是屈原的绝笔。在《九章》中，本篇词句，比较浅易。蒋骥认为这不仅只是垂死之言，不暇雕饰，而是希望昏庸的楚王能比较容易理解。这种说法，虽不很正确，却是颇有意思的。蒋骥又认为本篇所以略述介子推的死，而详述晋文公的觉悟，乃是寄复国希望于身后的意思。

·【原文】·**惜往日之曾信兮，**

【绎文】想起过去的时日，曾被你所信任，

·**受命诏以昭时**。[1]

我承受你的命令，掌握光明，普照着当时。

·**奉先功以照下兮，**

遵守先人遗留下来的制度，照顾万民，

---

① 原文："昭时"，原作"昭诗"，据一本改。王夫之谓："昭诗一作昭时，旧说谓教王以诗，以耀明其志，按原未尝为王傅，自当作时，时是也。"朱熹谓："昭明时之政治也。"

·明法度之嫌疑。

明确我们的政策，使人们不至于误解。

·国富强而法立兮，

政策确定了，我们的国家也就富强起来，

·属贞臣而日娭。

一切大事都付托给正直的人，正直的人感到愉快。

·秘密事之载心兮，

国家的机密，都记录在这些人的内心，

·虽过失犹弗治。

纵或有些许差错，你也不苛求追究。

·心纯庞而不泄兮，

我的心是纯朴厚道的，发言是谨慎的，

·遭谗人而嫉之。

这样，也不免遭受到爱说小话的妒嫉。

·君含怒而待臣兮，

君王因而怒气不息地对待着我，

·不清澄其然否？

他也不辨别一下是非。

·**蔽晦君之聪明兮，**

君王啊，你的聪明被遮蔽了——多么阴暗，

·**虚惑误又以欺。**

你听信不实在的话，受到欺骗。

·**弗参验以考实兮，**

你不能作很实际的，细心的比较，

·**远迁臣而弗思。**

你从来不想一想被放逐在远方的人。

·**信谗谀之混浊兮，**

你糊涂，你听信谀媚的小话，

·**盛气志而过之。**

你是那般盛气凌人地坚持你的错误。

·**何贞臣之无罪兮，**

忠贞的臣子，并没有罪过，

·**被离谤而见尤。**

为什么遭受到怨恨毁谤？

·惭光景之诚信兮，

看到运行有恒的日月，我心难受，

·身幽隐而备之。[①]

我虽流放在这偏僻的地方，还要小心提防。

·临沅湘之玄渊兮，

我曾站在沅湘的水边，那流水好深啊！

·遂自忍而沈流。

我是有勇气忍受个人的痛苦，自沉在这滚滚的洪流里。

·卒没身而绝名兮，

我并不计较，纵使我的身体和荣誉都湮没了，

·惜壅君之不昭。

我担心的是君王被蒙蔽了，糊里糊涂。

·君无度而弗察兮，

① 原文："惭光景之诚信兮，身幽隐而备之。"洪兴祖补注云："《说文》云：景，光也。此言己诚信甚著，小人所惭也。"所谓"小人所惭"，我觉得嫌勉强。朱熹的理解可能近似些。蒋骥注文当据朱说，但更为明确。他说："光景诚信，谓日往月来，信实有常也。备，防也。"绎文从此。

清·门应兆作

临沅湘之玄渊兮。

君王，你心中既无分寸，又不能仔细考察，

·使芳草为薮幽。

你弃置美好的芳草，使它们处在荒凉的水边。

·焉舒情而抽信兮，

我怎么能舒散我的委屈，拔出我的诚心？

·恬死亡而不聊。

还是安然地死去，我不能这样无聊地苟且偷生。

·独鄣壅而蔽隐兮，

我孤独地被隔绝，被遗忘在这荒漠的地方，

·使贞臣为无由。

使得忠贞的人失去了竭尽心力的路道。

·闻百里之为虏兮，①

我听说秦缪公的臣子百里傒曾经做过俘虏，

---

① 春秋时，晋献公俘虏了虞君及其大夫百里傒，把百里傒当作奴隶陪嫁给秦缪公，百里傒从秦国逃到楚国，被楚人抓住。秦缪公知道百里傒是贤者，于是用五只黑羊皮替他赎身，并且请他做大夫。

·伊尹烹于庖厨。[1]

伊尹未显时在厨房里烹调羹汤。

·吕望屠于朝歌兮，[2]

姜太公在朝歌那地方，挥着屠刀；

·甯戚歌而饭牛。[3]

甯戚一面喂着牛，一面不平地歌唱。

·不逢汤武与桓缪兮，

设使他们没有遇见商汤、周武和齐桓、秦缪，

·世孰云而知之？

那么世界上有谁会谈到他们有惊人的才智和主张？

·吴信谗而弗味兮，[4]

吴王相信谗言，不能分辨是非，

·子胥死而后忧。[5]

等到伍子胥死后，已来不及追悔。

---

① 传说伊尹是商汤的妃子有莘氏陪嫁的奴隶，《史记》上说："负鼎俎以滋味说汤致于王道。"大概是指伊尹出身卑贱，曾做过厨子，后来商汤王重用他，任以国政。

② 吕望，即姜太公，未遇时在朝歌操屠夫生涯。后被周武王重用。

③ 甯戚，春秋时贤者，不为当时所用，只好做做小买卖，有一天他正在牛车下喂牛，望见齐桓公，于是敲着牛角歌唱起来。齐桓公听了他的歌声，知道他是非常人，于是请他做大夫。

④ 原文："弗味"，蒋骥云："弗玩味子胥之忠谏也。"

⑤ 吴王夫差不纳伍子胥的忠告，听信太宰伯嚭的谗言，后来竟为越国所灭亡。

·介子忠而立枯兮，[①]

忠贞的介子推，孤独地久久地站在那里，

·文君寤而追求。

晋文公突然想起他的功绩，才开始搜求。

·封介山而为之禁兮，

为了悼念他，把绵山改称为介山，并且禁止采樵，

·报大德之优游。

这算是报偿那无法报偿的德惠。

·思久故之亲身兮，

文公思念起故旧为他割舍着自己的身体，

·因缟素而哭之。[②]

因而穿着白色的丧服，禁不住放声痛哭。

① 原文："立枯"，王逸认为是介子推抱树烧死，故言立枯。我觉得这种理解嫌迂曲，所谓立枯，就是无精打采地老站在那里发愣的样子。绎文很难表达。

② 晋文公逃亡齐楚时，介子推从行。路上没有了粮食，介子推割下自己身上的肉给文公吃。文公回国后，大家报功，介子推不声不响，文公也把介子推忘了。子推就逃到绵山隐居，这时文公想起了他，才到绵山搜求。子推躲在山里不肯出来，文公三面放火烧山，希望子推会出来，岂知子推坚持不出，抱住树烧死了。文公为此事很痛心，故下令此后禁止在绵山采樵。传说将焚烧绵山的那天规定为寒食节，也是为了纪念介子推的缘故。

·或忠信而死节兮，

有的是因为忠信的缘故而死难，

·或訑谩而不疑。

有的是因为欺骗而受到信任。

·弗省察而按实兮，

如果不仔细地考察，按照事实的真相，

·听谗人之虚辞。

那么只有听信群小所扯的谎。

·芳与泽其杂糅兮，

芬芳和光彩多么美好地混合在一起，

·孰申旦而别之？[①]

谁能有判断力地把它鉴别得很清爽？

·何芳草之早夭兮？

为什么芳草这么早的凋零？

·微霜降而下戒。

① 原文："申旦"，王夫之云："重审也。"就是仔细地加以鉴别的意思。

哦，你瞧，地面上铺着一层寒霜。

·谅聪不明而蔽壅兮，

因为你听不清，许多事都不明不白，

·使谗谀而日得。

所以，在你面前得意的是阿谀者对善良的毁谤。

·自前世之嫉贤兮，[①]

贤者被小人嫉妒，从前一辈子起就是这样，

·谓蕙若其不可佩。

他们都说不值得佩戴的是蕙草和杜若。

·妒佳冶之芬芳兮，

妒嫉别人打扮得停当芬芳，

·嫫母姣而自好。[②]

丑女嫫母自以为长得美好，造作妖媚的模样。

·虽有西施之美容兮，[③]

① 原文："前世"，指怀王。

② 嫫母，传说是黄帝的妻子，有名的丑女。

③ 西施，越国有名的美女。

纵使具有像西施那么的美丽，

·**谗妒入以自代**。

小话和妒嫉走进来会篡夺了她的漂亮。

·**愿陈情以白行兮，**

我愿意陈述我的感情，表明我的行径，

·**得罪过之不意**。

我会获罪，真是出乎我的意外。

·**情冤见之日明兮，**

真情和冤屈的样子，这是再清楚不过的事，

·**如列宿之错置**。①

正有如被钉在天上的亮亮的繁多的星星。

·**乘骐骥而驰骋兮，**

我驾着骏马的车子而飞驰啊，

·**无辔衔而自载**。

① 原文："情冤见之日明兮，如列宿之错置"，旧注多不明。错置乃安置的意思。蒋骥云："情冤，真情与冤状也。列宿错置，言著而且多也。"绎文从此。

可是我没有勒马的缰。

·乘氾泭以下流兮，

我乘着竹筏浮水向西漂流，

·无舟楫而自备。

可是我没有划船的桨。

·背法度而心治兮，

不依照法则，只按着主观去办事，

·辟与此其无异。

那么，和上面的譬喻不会有两样。

·宁溘死而流亡兮，

我宁可早些死去，或者让灵魂去飘泊吧，

·恐祸殃之有再。

我担心灾难再一次的来到。

·不毕辞而赴渊兮，

我说不完我的语言，我走向前面的那条河流，

·惜壅君之不识。

悼惜我得不到糊涂的君王的了解。

橘　颂

题解

本篇是缘物寄情的诗章，通过对橘子的歌颂，说明自己坚贞的情操，绝不能变心从俗。文字风格与其他八章迥异。因此我们可以比较大胆的肯定，这一定是距离其他八章写作期较远的作品。

·【原文】·**后皇嘉树，**

【绎文】在皇天之下，后土之上，有一种美丽的树木生长着，

·**橘徕服兮**。

那树上载负着能服习于我们水土的橘果。

·**受命不迁，**

你，橘果，秉受这坚定的意志，

·**生南国兮**。

繁生在绚丽的南国。

·**深固难徙，**

根深蒂固，那不容易转变的素质，

·更壹志兮。

正表现出意志的不可消磨。

·绿叶素荣，

翠绿的叶子，洁白的花朵，

·纷其可喜兮！

夺目的一片，渲染出人间的至乐。

·曾枝剡棘，

重叠的树枝，锋锐的刺棘，

·圆果抟兮。

为你团团的果实护卫着。

·青黄杂糅，

青的啊，黄的啊！

·文章烂兮。

是一幅画面的交错。

·精色内白，[①]

青赤的颜色，洁白的内在，

① 原文："内白"，直译应为橘子的内瓤。

·类任道兮。

正暗示我们对人处世应该如何去做。

·纷缊宜修，

你具有多种多样的美好的风姿，

·姱而不丑兮。

简直找不到任何小疵，多么完美啊！

·嗟尔幼志，

赞叹你幼小时的志气，

·有以异兮。

就是与众人殊异。

·独立不迁，

你那独立的品格，不变的胸臆，

·岂不可喜兮？

那真是最可尊贵的。

·深固难徙，

根深蒂固，你不容易转变的素质啊，

·廓其无求兮。

绝不会作任何非分的希冀。

· **苏世独立，**

你，独自醒来了，从睡梦的世界里，[①]

· **横而不流兮。**

是那般坚持地，绝不会随俗迁徙。

· **闭心自慎，**

你闭上心叶，谨慎地运用你的思考，

· **终不失过兮。**

所以错误永远不会有的。

· **秉德无私，**

你所秉赋的美德，没有丝毫偏私，

· **参天地兮。**

你是与天地共不朽的。

· **愿岁并谢，**

① 原文："苏世独立"，王逸认为苏是寤字的意思。王夫之则云："苏，草也。言生于荏草之中，而贞干独立，不随草靡。"殊嫌迂曲。俞樾认为苏字当训牾，即今忤字。所谓牾世，就是与世俗相忤的意思。俞樾并引荀子议兵篇："顺刃者生，苏刃者死。"苏与顺对文，则苏者，逆也，故为牾。俞说虽新颖，但并不较王逸说为胜，故绎文仍旧说。

清·门应兆作

愿岁并谢，与长友兮。

一切都随年华凋谢了，

·与长友兮。

可是，我希望我们有经冬不凋的友谊。

·淑离不淫，

至美至善的存在啊，你是那般平和，

·梗其有理兮。

那般的坚强而有条理。

·年岁虽少，

你虽是那么年轻，

·可师长兮。

却可以作为人们的老师。

·行比伯夷，

伯夷似的崇高的行为啊，

·置以为像兮。

是我灵魂永远的归依！

悲回风

题解

回风便是旋风。大概诗人借回风影喻时事的多变。朱熹王夫之等都认为这是屈原的绝笔。这首诗章在《九章》中也应该是上乘的作品,调子非常幽怨。纵或不是绝笔,也是诗人辞世前不久所写的诗篇。

·【原文】·**悲回风之摇蕙兮,**

【绎文】悲哀啊!旋风摇落了蕙草的芬芳,

·**心冤结而内伤。**

我心郁结,我心哀伤。

·**物有微而陨性兮,**

我明白弱小生命的属性容易坠落,

·**声有隐而先倡。**

而听不见的声音,往往会引起巨大的影响。

·**夫何彭咸之造思兮,**

为什么我对于古贤彭咸久久思量,

·暨志介而不忘。

还有他那高尚的品格不能遗忘?

·万变其情岂可盖兮,

感情是纵然变化多端,但也无法掩藏:

·孰虚伪之可长?

哪有虚假的感情能够久长?

·鸟兽鸣以号群兮,

鸟兽一叫唤,它们的同伴们也就应声喧嚷,

·草苴比而不芳。

鲜草和枯草放在一块,往往会消失了芬芳。

·鱼葺鳞以自别兮,

披着层鳞的游鱼,它们之间彼此竞赛着花样,

·蛟龙隐其文章。

而蛟龙虽有美丽的身体,却在水底隐藏。

·故荼荠不同亩兮,

所以苦菜和甜菜不种植在一个地方,

·兰茝幽而独芳。

而兰茝却在寂寞的深山里散播它们的幽香。

·**惟佳人之永都兮，**[①]

只有像彭咸那样美好的人，始终坚持他的理想，

·**更统世而自贶。**

虽然时代已经改变了，我愿意比美前贤的善良。

·**眇远志之所及兮，**

我孤高的志愿所向往，

·**怜浮云之相羊。**

可怜，有如云彩飘浮在天上。

·**介眇志之所惑兮，**

自己也不禁疑惑起我这贞节孤高的志向，

·**窃赋诗之所明。**

为了表明我的心肠，我写下了这些诗章。

·**惟佳人之独怀兮，**

① 原文："佳人"，王逸认为是指楚王，蒋骥则认为是指彭咸。细按文理，当以蒋说为妥。"永都"，蒋骥云："言其美始终一致也。"按都字有美盛的意思，绎文从蒋说。

设想起美好的人，孤单地在那儿思量，

·**折若椒以自处**。

我折下杜若和申椒，独自个守在这里。

·**曾歔欷之嗟嗟兮**，

我止不住一次又一次的叹气，

·**独隐伏而思虑**。

虽然隐居荒僻，心头的焦虑却没法止息。

·**涕泣交而凄凄兮**，

我流着，流着悲凉的泪……

·**思不眠以至曙**。

想来想去，不能安睡；从晚上到天亮。

·**终长夜之曼曼兮**，

夜啊！这黑夜多么漫长，

·**掩此哀而不去**。

我抑压着这长留在内心的悲哀。

·**寤从容以周流兮**，

神智清醒时，我慢慢地起身，出门游荡，

·**聊逍遥以自恃**。

暂时把感情寄托在自由自在的生活上。

·伤太息之愍怜兮,

伤心,叹息,这满腔的悲悯啊,

·气於邑而不可止。

我的呼息急促,我竟无法镇定下来。

·纠思心以为纕兮,

把我委屈的思念扭搓成佩带,

·编愁苦以为膺。

把愁苦编结起来,悬挂在我的胸前。

·折若木以蔽光兮,

折下昆仑山上的神异的若木,遮蔽着太阳,

·随飘风之所仍。

且随着飘风,任从它把我吹到何方。

·存仿佛而不见兮,

眼前所存在的是仿仿佛佛,什么也看不清爽,

·心踊跃其若汤。

我的心却像是沸腾的水,不住的跳跃动荡。

·抚珮衽以案志兮,

我整顿着衣裳，按抑住想象，

·**超惘惘而遂行**。

走吧，我感觉到无可言说的怅惘。

·**岁曶曶其若颓兮**，

岁月匆匆，很快的就要过去了，

·**时亦冉冉而将至**。

我的时限啊，也渐渐的要来到了！

·**薠蘅槁而节离兮**，

香草枯萎了，树叶飘落了，

·**芳以歇而不比**。

花花朵朵已尽，香味散了，完了。

·**怜思心之不可惩兮**，

我哀怜我的痴心，不能改变，

·**证此言之不可聊**。

也可以证明你们的话，是不可依靠的。

·**宁逝死而流亡兮**，

我宁可死去，或永远漂泊吧，

·不忍为此之常愁。

我不忍让我的心情老是这样暗澹。

·孤子唫而抆泪兮，

孤儿呻吟着，擦着滚滚的热泪，

·放子出而不还。

弃儿流落着，没有回家的希望。

·孰能思而不隐兮，

谁能够想起了痛苦，而不难受，

·昭彭咸之所闻。

彭咸，我恍惚听到你的名字，在我的耳边响亮。

·登石峦以远望兮，

我爬上石山，向远处观望：

·路眇眇之默默。

静悄悄地那辽远的道路像死去一样。

·入景响之无应兮，

纵有单调的吹动树影的寂寞的声音，可是没有回响，

·闻省想而不可得。

我听不到一切止留在我心间的怀想。

·愁郁郁之无快兮，

这里找不到一点快乐，只有沉重的忧郁，

·居戚戚而不可解。

我留在这里，痛苦紧蹙在一起，没法放下。

·心鞿羁而不开兮，

我的心被束缚住，无法展开，

·气缭转而自缔。

我的感情在不住地转动，打了一个解不开的暗结。

·穆眇眇之无垠兮，

一眼望去，远处天地合拢在一块，无边无际，

·莽芒芒之无仪。

草木莽莽，广大辽阔得无与伦比。

·声有隐而相感兮，

纵或是不很大的声音，也能使远方有所感受，

·物有纯而不可为。

而任何事物都有他各自的本质，不能强所欲为啊。

·藐蔓蔓之不可量兮，

太遥远的道理，无法量测，

·**缥绵绵之不可纡**。

太细微的思虑，难以断绝。

·**愁悄悄之常悲兮，**

重重的隐忧，使我悲苦，

·**翩冥冥之不可娱**。

我似乎飞向不可知的地方，但仍是如此沉重。

·**凌大波而流风兮，**

我像是追随流水的风波在漂荡，

·**托彭咸之所居**。

走向古贤彭咸所居住的地方。

·**上高岩之峭岸兮，**

我的灵魂飞登峭峻的山岩，

·**处雌霓之标颠**。

又飞悬在彩虹的高杪。

·**据青冥而摅虹兮，**

我是青天的主宰，我的气息便是长虹，

·**遂倏忽而扪天**。

一会儿，我在抚摩着天空。

·吸湛露之浮凉兮，

我吸了一口满满的清新的露水，

·漱凝霜之雰雰。

我把漱口的浓霜吐向下界。

·依风穴以自息兮，

我住在飘风的老家，合着眼休息，

·忽倾寤以婵媛。

陡然，我翻身惊醒过来，又开始在空中周游。

·冯昆仑以瞰雾兮，

我在昆仑山上，望着人间的雾气，

·隐蚊山以清江。

我靠着蚊山，澄清了向下流去的江水。

·惮涌湍之礚礚兮，

我担心急流险阻，撞击着礁石，

·听波声之汹汹。

我听见风吹着不止休的滔滔不绝的波涛。

· **纷容容之无经兮，**

我心里很乱，不知在哪儿，

· **罔芒芒之无纪。**

我心里空幌幌的，不知怎么办？

· **轧洋洋之无从兮，**

滚滚的流水，流啊，流啊……

· **驰委移之焉止？**

自在地曲曲折折地流，流到什么地方才能停止？

· **漂翻翻其上下兮，**

水波翻卷，或上或下，

· **翼遥遥其左右。**

我随水漂荡，或左或右。

· **氾潏潏其前后兮，**

泛滥的水，急湍地绕着山石打着圈子，

· **伴张弛之信期。**

流水依据着一定的潮汐期涨落着。

· **观炎气之相仍兮，**

我观望着地面上蒸发着地气，

·窥烟液之所积。

我发现这地气像一股烟上升，又凝成液体。

·悲霜雪之俱下兮，

我心难受，霜呀，雪呀，都飘落向大地，

·听潮水之相击。

而潮水的声音，正像是彼此在打击。

·借光景以往来兮，

我假借这有限的岁月，上天下地，

·施黄棘之枉策。[①]

我用黄色的弯曲的荆棘，代替马鞭。

·求介子之所存兮，

我访求介子推，他住在那里，

·见伯夷之放迹。

我发现了古贤伯夷的遗迹。

·心调度而弗去兮，

① 原文："施黄棘之枉策。"洪兴祖认为黄棘是地名。细绎上下文，还是很难讲得通。蒋骥认为是："施棘刺之曲者以为策。"绎文从蒋说。蒋又说："《中山经》：苦山有木，名黄棘，其实如兰。"不可从。

平静了心志,我不再离开这里,

·**刻著志之无适**。

我不往别处去了,我决心好好勉励自己。

·**曰:"吾怨往昔之所冀兮,**

我说:"我怨恨历史上佞臣得到富贵,

·**悼来者之愁愁**。

我悼惜当代的人自私自利。

·**浮江淮而入海兮,**

我愿意随着江淮,漂流到海,

·**从子胥而自适**。"

跟从伍子胥,是我自己的打算。"

·**望大河之洲渚兮,**

我望见了水中的沙洲,

·**悲申徒之抗迹**。[1]

我悲哀地联想起申徒狄不屈的样子。

① 原文:"申徒",就是申徒狄,殷朝末年的人,曾向殷纣王进谏,不为所纳,负石投河而死。

清·门应兆作

望大河之洲渚兮，悲申徒之抗迹。

·骤谏君而不听兮，

一次又一次进忠言于君王，而不被听信，

·任重石之何益？[①]

后来抱着石头跳河淹死，可是，这有什么用处呢？

① 原文："任重石之何益"下，一般的本子皆有"心絓结而不解兮，思蹇产而不释"两句。这两句的正文及注皆互见于《哀郢》篇中。近人陆侃如等皆认为乃后人误植。按陆说甚是，故删去之。

附录一

王逸说："《九章》者，屈原之所作也。屈原放于江南之野；思君念国，忧心罔极，故复作"九章"。章者，著也，明也。言己所陈忠信之道，甚著明也。卒不见纳，委命自沉。楚人惜而哀之，世论其词，以相传焉。"王逸这短短的叙述，主要揭明下列三点：

一、肯定《九章》全部的著作权，归屈原所有。

二、《九章》写作的背景及时间，是在被放于江南之野以后，心境极痛苦距自沉不久的时候。

三、"章"字是彰明的意思。屈原所以命题为"九章"，乃是说明自己在这些篇什中所陈述的忠信之道甚明确易晓。

关于第一点问题较少，虽也曾有好事的人疑东疑西，认为某一句或某二句不似屈原之辞，因而断某篇或是后人的伪托。其气势虽汹汹，论据却飘飘然落空，这类人所依恃的只是"想当然"的"或者""大概"；上焉者，也只是沾沾于自以为是的孤证。故《九章》著作权所属的问题，截至今日为止，是没有必要再事饶舌的。这并不是讳言像这样流传了历二千年之久的诗篇中并无讹字窜简，关于这一层历来便有许多辛勤的学者们在继承着前人的研究工作，细心地反复爬剔和校勘，并且有一定的成绩。

第二点说到《九章》的写作背景是在被放于江南之野等等，从《九章》诸篇什所共同表达的内容看——《橘颂》可能是个例外，因为它的调子平和，与其他的八篇风格迥异——大体也可置信。据洪兴祖的补注说："《史记》云，上官大夫短屈原于顷襄王，王怒而迁之，乃作《怀沙》之赋，则《九章》之作，在顷襄时也。"明说《九章》作于顷襄王时，即屈原的晚年，亦即在屈原二次放逐时。我认为"时"应该是指那个时期，包括屈原第二次放逐的前后十来年，不一定是指一个短时间，故不能把《九章》看成是一个短时间写成的有首有尾的整体。但，洪兴祖的话还是有语病的。他举《怀沙》一篇为证，便概其余，这是不妥当的，问题是“九章”二字是否屈原为自己九篇作品所设立的母题？朱熹说：“后人辑之，得其九章，合为一卷，非必出于一时之言也。”这见解相当正确。是故纵或决定了《怀沙》篇的写作时期，也不能同时决定《九章》其他篇什的写作时期。

至于第三点，王逸解释《九章》的“章”字，不免有些汉儒的迂气。《九章》在屈原的作品中诚然是比较明确易晓的，朱熹说：“大抵多直致，无润色。”朱熹说的只是大抵直致，并不是全部，其间隐敛迂回处也有的是。我们既认定《九章》是后人题名，那么章字就是篇章的章，毫无为之曲解的必要。

说到有关《九章》篇次的问题，乃是为自来治“楚辞”的人所聚讼的。王逸章句的次序是：一、惜诵，二、涉江，三、哀郢，四、抽思，五、怀沙，六、思美人，七、惜往日，八、橘颂，九、悲回风。这次序自然不能不引起许多人的怀疑，于是后来的人，如林西仲、蒋骥等各有各的看法，这里不打算详加胪引或评述。迄近人游国恩认为它的次序是，一、惜诵，二、抽思，三、悲回风，四、思美人，五、哀郢，六、涉江，七、橘颂，八、怀沙，九、惜往日。他又认定前三篇是作于怀王时代；《惜诵》是在怀王十六年，谏绝齐不听，被谗去职时所作，《抽思》与《悲回风》则作于怀王二十四年第一次被放时。《思美人》以次则作于顷襄王朝。我认为游氏的看法，自不失为一种可能的理解，但欲就此“坐实”，却难令人无条件的心服首肯。例如他指《惜诵》篇不是放逐时所作，所引用的是该篇的文句作为有力的内证，他认定：“欲儃佪以干傺兮，恐重患而离尤。欲高飞而远集兮，君罔谓女何之？”以及“矫兹媚以私处兮，愿曾思而远身”的句子便是屈原“此时正是进退两难的情形，他想迟疑不去，又怕为小人所害，想高飞远举，又怕君责他恝然寡情，但最后还是想远身避害。这便是《惜诵》非放逐时作的铁证。”游氏又说：“‘忠何辜以遇罚兮，亦非余之所志也！’从此两句看来，可知他这次是因谏诤而‘致愍’的，‘致愍’便是‘遇罚’，单说‘遇罚’，便知此时没有放逐了。”（可参阅游国恩：《楚辞概论》）我想这种论据还是不足以当铁证的。所谓“欲儃佪以干傺兮”，未尝不是在放逐途中的一种想法，“恐重患而离尤”，很明显的是说他担心有更大的灾难要来临——在放逐中的人也很可能被人暗害。更何况屈原政治上纵使失意，但仍有其作用。而所谓“患”很可能是指放逐之苦，“重患”当胜于一般人的放逐之苦；这是一时想到的，非必如是索解。“欲高飞而远集兮”，如果将这句理解为离开郢都的想法，不如解作屈原有打算离开祖国的想法。要知“道不行去国”的事在当时毫不稀奇，甚至蔚成风气。被屈原在诗篇中用相当同情与悼惜的口吻提到的伍子胥便是就中一人。（《涉江》篇：“忠不必用兮，贤不必以；伍子逢殃兮，比干菹醢。”）但是作为热爱祖国的诗人，他竟抛不开他那股缱绻的情怀，于是乃有“君罔谓女何之？”一往情深的揣测和顾虑。而“矫兹媚以私处兮，愿曾思而远身。”也并不能证明不是屈原在放逐途中的设想。至于“单说‘遇罚’，便知此时没有放逐”云云，我觉得更难成立。

我的印象是自来考订《九章》次第的，都是主要的根据每篇本身的文句。按说这应该是比较最为妥切的办法。可惜，每篇的文句中大多数不能找到某篇是作于某一年的确切不移的铁证。而从风格上看，除去《橘颂》篇以外，气息都很近似。说到《橘颂》篇，有人认为是屈原早年未成熟的作品，所以“诗思窘狭，抽象话太多”。（参看陆侃如：《屈原》）但我们未始不可以另一端的理解为屈原的晚年作品，所谓归绚烂于平淡是也。我认为将《橘颂》认作早年作品，未尝不可，但如据陆侃如氏的理由，所谓“诗思窘狭”则不为允当。假使承认《橘颂》是咏物诗，则自有其一定范围，无所谓“狭”；风格那样雍容而朴实，更无所谓“窘”。总之，我认为勉强替《九章》排定次序，很容易造成“我们大家都错，只是错法不同而已”的结果。

我个人对《九章》的看法是，《橘颂》不会是居间的作品，非在极早（早在怀王时第一次被放时，甚或在这以前），即在极后，后于其他任何作品，至少在《哀郢》以后。《橘颂》的存在，更足证《九章》必后人所辑。除《橘颂》以外，关于其他八篇作品的写作期，我不完全相同却近似王逸和洪兴祖的理解。我认为虽不会是屈原在一个短期内有意识地有计划地为同一母题所写下的东西，但风格——主要是每篇所流露的感情是非常接近的，内容都是抒写在二次放逐后的痛苦和愤懑。就中《哀郢》的写作时间，毋庸置疑是在秦国白起陷郢都以后，亦即顷襄窜陈以后所作。而《涉江》《怀沙》《悲回风》《惜往日》，细绎文谊，写作时间可能与《哀郢》最为贴近，如置之于《哀郢》之后，或无不宜。《惜诵》《抽思》《思美人》，则比较可能在郢都沦陷以前，即在二次被放的那一段期间，亦即《哀郢》篇所谓"至今九年而不复"的那个"九年"之中。以上的说法，只能说是个人对《九章》篇次概念性的理解，姑且写出来聊备一格，作为读者们的参考。自然非常可能也是"错法"中的一种。个人既无意亦无力替《九章》的篇次，根据不易的论据，重加排定。因而在整理《九章》时，其次第也只好仍王逸之旧了。

又本书绎文谬误之处必多，希望得到读者朋友和专家们的指教。

一九五二年四月五日，文怀沙于上海行次。

（原《屈原〈九章〉今绎》自序）

附录二

林　庚

怀沙兄继续他的《九歌今绎》之后，又将出版《九章今绎》，这一种介绍古典文学作品的工作，正是人民所迫切需要的。由于中国历史文化的悠久，还在三千年以前便有了无数优秀的创作，特别是《诗经》“楚辞”，在当时曾普遍的成为人民心上的歌唱，在之后便形成了中国诗歌的优良传统。然而也正因为文化的悠久，我们今天要了解这一个优良的传统，要体认这一些作品真正的面目，首先就遇到了由于时代久远而产生的语言文字上的困难，这困难曾经不幸地阻止了大多数的人们来亲近自己民族的文学遗产，在今天是必须大力克服的。《九章今绎》乃是这一件工作上具体努力的表现。关于《九章》的问题，有一些意见我与作者是并不完全同意的，然而作者工作的热情与勇气我正应当向他学习。《九章今绎》非特是一个翻译，而且同时就是一个全面的注解，可能后者的意义还更重要些，通过这些，最后仍是希望读者们能够直接去领略原来的作品。翻译原不是一件容易的事，翻译诗尤其困难，然而《九章今绎》却能克服这些困难，使得绎文本身就是一个创造，使得读者由今绎走向原诗的道路上处处是诗的体会，这正是作者最大的收获。古典文学介绍的工作现在方才初步展开，《九章今绎》无疑的正是一个良好的开始。

一九五二年八月廿九日北京西郊

（原《屈原〈九章〉今绎》跋一）

附录三

王汝弼

谢朝华于已披
启夕秀于未振
慨投篇而援笔
聊宣之乎斯文

这是陆士衡《文赋》里的四句话。在两遍拜读文怀沙先生的《九章今绎》之后,我在总的感觉上,有与陆氏这四句相同之处,因而写在前面,以表示个人对本书先睹之快。

古书今绎,不自今日始,远在两千年以前,司马迁已经移绎过《尚书》,而班固又曾移绎过《史记》。不过自从汉代以后,经师注疏之学兴,而此风顿邈。因此许多有价值的古书,都渐渐和后人陌生起来,有许多现代人,一提到读古书,就要感到头痛。不是他们对自己伟大祖先的创作不知重视,实在是由于诘屈聱牙的本文,和浩如烟海的说解阻碍着他们。

可是移绎古书,并不是一件容易的事。这个工作不但要通过训诂名物的基本素养,而且假使所移绎的对象是文学,则从事者还需要有文学的素养。不但辞藻要紧,甚至于音节韵律,也都需要审慎地加以简练揣摩。以上两种还只是形式上的考求问题。至于要使笔调有如原作那种透人的热力,则还需要一种最重要的因素,那就是要以作者的心为心。能以作者的心为心,则床头捉刀人,满可以有英雄气概;不能以作者的心为心,则无论如何装做,也只能如虎贲之似中郎,貌是神非。

怀沙先生的绎文,是兼具以上三长,而后者则是尤为出色的。

楚辞原文往往几句换韵,而怀沙先生绎文则不喜换韵;原文句短,绎文句长;原文是惩羹吹整,绎文则连羹整的基本词汇也一概放弃。这在一个形式主义者看起来，一定要感到不对头。然而假使我们把绎文和原文对照一下看，例如《怀沙》篇的：

·【原文】·伤怀永叹兮，
·汩徂南土。

【绎文】 我伤怀，我沉入长远的悲哀里，
我毅然奔向那南方的边地。

当我读到这几句绎文的时候，曾推想绎者当时的情形，一定是面容惨白，嘴唇紧闭而微颤，珍珠般的眼泪和墨水汇流在一起；以致纸上很大的一片都泛滥着碧海的波澜。难道说这是偶然的吗？

个人过去也曾搞过楚辞，殷勤地搜集注本将近百种之多。可是自从认识怀沙先生并且读到他的有关这一方面的著作之后，我突然下意识地觉得："他的工作比我是推进了两步。"

此外，绎者对古典文学处理上的审慎态度也是值得学习的，尽管每篇的时代大致确定，但排印则仍依王逸旧本，给人以绝大自由判断的余地，这种态度是非常虚心的。不过这一点长处，对他整个的绎作来说，不是重要的部分罢了。

（原《屈原〈九章〉今绎》跋二）

附录四

《屈原九歌今绎》从在杂志上发表到印成单行本，我前后收到有关批评的文章和信件（有长达万言的信）约四十多篇。集中起来，总不下十万言吧。其中有许多宝贵的意见。这至少证明移绎中国古典文学作品的工作是非常迫切需要的。为了答谢读者朋友们的鼓励，我只有坚持这项力不从心的工作。这里我再将《屈原九章今绎》呈献给读者朋友们。

《九章今绎》的体例一仍《九歌今绎》之旧。柳亚老的题辞是他以前送给我的诗句，放在《九章》之前是相当合适的。我曾找亚老另写，但他病血压过高，挥毫绝不可能，后虽勉力用铅笔写，但如制版是不很理想的，故仍采旧题。但对亚老的热爱，我还是非常感谢的。插图九幅，则采用涉园依文津阁本重印的萧云从《楚辞图绘》制版。原书承王汝弼先生见贻，并谢。

感谢郭沫若师替本书若干篇什的校阅和修正，又书名题签也出郭师手笔。友人王汝弼和林庚两先生都是当代有数的"楚辞"专家，感谢他们在百忙中替本书写跋文，只是，若干过当的谬许，不仅使我汗颜，抑且使我惶恐。尤其是从来持重的汝弼先生由于爱护我，更是由于爱护我所从事的这项工作，好些字眼都下得过火了。从客观上看，他恍惚是在向未来的从事移绎中国古典文学的朋友们，提出完美的希望和要求。纵使我个人"受之有愧"，但我深信即将有人会"却之不恭"的。因此，我愿意以最诚挚的心怀将汝弼先生的宏文保留下转赠给即将以严肃的态度从事这一方面工作的朋友们，以谢我今日亵渎屈原的罪过。虽然，我也曾竭尽过我所有的努力。

一九五二年八月北京

（原《屈原〈九章〉今绎》后记）

招魂令繹

招　魂

题解

《招魂》的作者只能是伟大的爱国主义诗人屈原。且不论去屈原未远的司马迁曾经替它做过保证;即使只从作品本身的内蕴来加以探索,我们也难于同意王逸等注家的说法把它断归宋玉所作。至于所招的究竟是谁的魂?这个问题的回答不仅干系屈原写作《招魂》的时期以及对这一诗篇主题的认识;而且也牵涉到对诗人创作生活的发展道路的理解,甚至直接影响我们对屈原精神的估价。我个人基本上是倾向于黄文焕、林云铭的意见的。(分别详见《楚辞听直》《楚辞灯》二书,不赘引。)我认为这首长诗作于顷襄王朝,是屈原晚期流于江南距自沉前不久的作品,很可能就是写于公元前二七八那年的暮春时节。这时诗人对人世有着异常深厚的眷恋。《招魂》通篇乃自明其志,精神实质与《离骚》《天问》《哀郢》等是贯注通连的,所以司马迁才并举这四个诗篇作为诗人的代表作。司马迁在《传赞》中所说的"悲其志",即悲悯屈原的光争日月之志。忠贞的屈原虽身处江南之野,却无时无刻不系怀故都,怵心民瘼。正因为"羌灵魂之欲归兮,何须臾而忘反"(《哀郢》),"惟郢路之辽远兮,魂一夕而九逝"(《抽思》),他就不能不"愁懑山泽,魂魄放佚"了。诗人预感到"厥命将落",自悲壮志未遂，于是写了这篇《招魂》。表面上看来，是诗人感觉到形神分裂而自招其魂，从更深沉的意义上看，毋宁说诗人是在为楚国招魂。因为屈原个人的命运反映了楚国的命运。诗人通过招魂企图把举国上下的各种想法各种愿望都集中为一个单纯的共有的感情——热爱祖国！爱得那么具体，那么完全，又那么深沉。诗篇所写，不出乎“外陈四方之恶，内崇楚国之美”，而诗人所引以为据的，即流行在楚国民间的原始形态的招魂俗歌，据我看仅仅只是“魂兮归来”这样一句简单的歌辞，但当这俗歌进入诗人芬芳馥郁的想象世界，便曼衍成无比鲜艳夺目五色缤纷的画面了。像是最美丽的楚国的漆画，精工细刻，镂月裁云。后来的汉赋在刻划事物的手段上，是明显地承受了屈原诗篇的影响的，而影响最巨大的正是这篇《招魂》。

·【原文】·**朕幼清以廉洁兮，**

【绎文】我从幼年起，就秉性高洁，

·**身服义而未沬**。[1]

① 原文：“身服义而未沬”，服，行也。所谓“身服义”便是躬自行义的意思。沬，昧也。洪兴祖云：“沬，莫贝切。《易》曰：‘日中见沬。’注云：‘沬，微昧之明也。一云，日中而昏也。’”所以绎作：“含糊暧昧。”

做事光明磊落，毫不含糊暧昧。

· **主此盛德兮，**

我坚持着伟大的道德标准，

· **牵于俗而芜秽。**

庸俗的人纠缠着我，企图使我同流合污。

· **上无所考此盛德兮，**

君王被蒙蔽，不能了解我高尚的德操，

· **长离殃而愁苦。**[①]

使我的灵魂长久地遭受灾殃，烦闷愁苦。

· **帝告巫阳曰：**[②]

天帝同情我的遭际，他对巫阳说：

---

① 原文："上无所考此盛德兮，长离殃而愁苦"，吴世尚注云："君信谗而弗察，遂放逐以终身。此二句乃魂之所以离散，而招之之由也。"（见吴世尚：《楚辞注疏》）按原文此两句，实承上言。"上"所以"无所考此盛德"，乃是蔽于俗之故。绎文力求醒豁，故补入"蒙蔽""灵魂"之类的词语。非好袭前人增字解经之例，第求疏而后明。绎不同译者以此，后不复赘。又，"愁苦"的"苦"字与"有人在下"的"下"（读作户）、"汝筮予之"的"予"协韵，疑"苦"韵上下应尚有两句，而今夺之。

② "巫阳"，洪兴祖引《山海经》注，认为是古之神医。这个提示很妙。看来所招宜为生人之魂，如果所招是死了的楚怀王，找一个别的神巫可也，何用医为？

·“有人在下，

“有一个人在下界，

·我欲辅之。

我想给他帮助。

·魂魄离散，

他的灵魂已经离开他的躯体飘散了，

·汝筮予之。”

你先用蓍草占个卦，然后再召回他的灵魂。”

·巫阳对曰：

巫阳回答道：

·“掌梦，上帝其命难从！

“我分内所掌管的是活人的灵魂，我很难接受你天帝的命令！

·若必筮予之，

如果一定要先占了卦，再来招魂，

·恐后谢之，

恐怕耽误了时机，他死后就不能复生，

· **不能复用。”**[①]

我巫阳也就不能施展我的技能。”

· **巫阳焉乃下招曰：**[②]

---

① 原文：“掌梦，上帝其命难从！若必筮予之，恐后谢之，不能复用。”这几句各家的注疏出入很大，较费解。王逸的旧注也很不够明确。比较妥顺的理解，应自原文文谊求之。我认为“掌梦”是巫阳自述所司，掌梦是管灵魂交感之类的事，所以以后由巫阳出面招魂，该是分所当然的。劈头用“掌梦”二字，乃是明确所司、责无旁贷的意思。前面由天帝下了一道命令，指示了具体招魂的办法。接着当巫阳接受命令的同时，给了这位好心的天帝一个软钉子碰碰：“天帝先生！按照你那种慢条斯理的办法，恐怕要误事！你难道忘了我巫阳是干什么的吗？”诗人的设想，真是妙不可言。所以我认为“恐后谢之”是驳斥“汝筮予之”。而“不能复用”是巫阳自明所司，带着一种表面谦虚实质自负的口吻，与“筮”无干。历来的注家中，蒋骥说得颇有意思，他说：“谢，徂谢也。巫阳以为帝命有不可从者，盖必待筮而后予，则恐身先萎谢（按：此指屈原），巫阳虽予之魂，而不能复生。此所以不用筮而用招也。”另外，我大体同意俞樾的意见。俞云：“《招魂》：巫阳对曰：‘掌梦！’注曰：‘巫阳对天帝言，招魂者，本掌梦之官所主职也。’又注下句‘上帝其命难从’曰：‘言天帝难从掌梦之官，欲使巫阳招之也。’愚按：王注未是。巫阳对曰：‘掌梦’，此乃巫阳自述其所职掌也。《列子·周穆王篇》注曰：‘神之所交谓之梦。’上文言：上帝欲使巫阳筮予之，巫阳以为精神交接之事，本己所职掌，无取乎筮。故曰：‘上帝其命难从。’又申言之曰：‘若必筮予之，恐后谢之，不能复用。’言必筮而予之，则后人惟以筮为事，将谢去巫阳而不能复用也。……又，‘恐后谢之’句或作‘之谢’，或无‘之’字。愚按：当作‘恐后谢之’，予与谢为韵。‘若必筮予之，恐后谢之’二句，韵语也。”（见俞樾：《读楚辞》）怀沙按：俞樾校改极是，文谊为顺。谢从射，声射，读序，与予为韵。谢，凋谢也，谓死也。庄子：“孔子其谢之”，义同此。又，闻一多《楚辞校补》一书中，认为“若必筮予之”三句为上帝辞，“若”上必增“帝曰”二字。不必从。

② 一般的旧本皆以原文“巫阳焉”三字属上句，误。王念孙云：“……（王逸）注曰：‘巫阳受天帝之命，因下招屈原之魂。’据此，则‘不能复用’为句，‘巫阳焉乃下招曰’为句，明矣。焉乃者，语词，犹言巫阳于是下招耳。王注曰：‘因下招屈原之魂。’‘因’字正释‘焉乃’二字。今本皆以‘不能复用巫阳焉’为句，非也。”（说见王引之：《经传释词》）

于是，巫阳到下界呼唤着灵魂：

·“魂兮归来！

“灵魂啊！你回来吧！

·去君之恒干，①

离开了你自己的躯体，

·何为乎四方些？②

为什么到遥远的四方去飘荡？

·舍君之乐处，

抛开了你快乐的故乡，

---

① 原文：“恒干”，王逸注：“恒，常也。干，体也。《易》曰：‘贞者事之干……’言魂灵当扶人养命，何为去君之常体而远之四方乎……或曰‘去君之恒闬’，闬，里也；楚人名里曰闬也。”怀沙按：作“恒闬”不可从，与下文“舍君之乐处”义复。乐处是指屈原的祖国，恒干，即所谓常体，是指屈原的躯体。

② 原文：“些”，苏贺切，楚语词也。细玩《招魂》全文，“些”字的用法与“兮”字近似。但“兮”字在语句中的位置，可以有较大的自由，不必定居句尾。“些”字则不然，其音较浊重，更适宜表达顿挫、纵收的感情。沈括云：“《楚词·招魂》尾句皆曰‘些’。今夔、峡、湖、湘及南、北江獠人，凡禁呪句尾皆称‘些’，此乃楚人旧俗。即梵语‘萨嚩诃’也（萨音桑葛反，嚩无可反，诃从去声）。三字合言之，即‘些，字也。”（见《梦溪笔谈》卷三）沈括的说法，如果仅用以比证《招魂》的读法，未始不可。但据而坐定“些”即来自梵语，显然是不对的。因为即以常识推断屈原时代，也远在印度文化东渐以前。

清·门应兆作

魂兮归来！去君之恒干，何为乎四方些？

·而离彼不祥些。”

而遭遇到那种种的灾殃。”

·“魂兮归来！

“灵魂啊！你回来吧！

·东方不可以托些！

东方不可以让你安身立命！

·长人千仞，

那里有身高七千多尺的长人，

·惟魂是索些。

他专会抓人的灵魂。

·十日代出，

有十个太阳更换替轮，

·流金铄石些。[①]

使金属化成水，石头化成灰尘。

① 东方是太阳升起的地方，所以诗人把东方设想得十分酷热可怕。蒋骥曰："《大荒东经》云：'汤谷上有扶木，十日所浴。一日方至，一日方出。'注云：'言交会相代也。'"此即上文"十日代出"之意。原文："铄"，乃销解之意。

清·门应兆作

长人千仞，惟魂是索些。

· **彼皆习之，**

那里的怪物是习惯于那种气候的，

· **魂往必释些**。

你的灵魂去了，必定五裂四分。

· **归来、归来……**

回来吧！回来吧……

· **不可以托些！"**

那里不可以安身立命！"

· **"魂兮归来！**

"灵魂啊！你回来吧！

· **南方不可以止些**。

南方不可以容你停留。

· **雕题黑齿，**[①]

那里的人有漆黑的牙齿和画着花纹的额头，

① 原文："雕题黑齿"，雕，画也；题，额也。洪兴祖云："《礼记》：'南方曰蛮，雕题交趾。'注云：'雕题，刻其肌以丹青涅之。'"故知雕题便是文身（在身体上刺花），重要的处所是前额和颜面，但不限于此。这是野蛮民族图腾崇拜的表示。《山海经》："雕题国……在郁水南。"以雕题为国名矣。

清 · 门应兆作

雕题黑齿,……蝮蛇蓁蓁,封狐千里些。雄虺九首……

·得人肉以祀，

祭祀时用人肉，以满足他们祖先的要求，

·以其骨为醢些。

用死人骨头做成酱，他们认为十分可口。

·蝮蛇蓁蓁，

盈山遍野都是大毒蛇，

·封狐千里些。

成千里地，全是些老狐狸在奔走。

·雄虺九首，

有一种最可怕的雄蛇，有九个头，

·往来倏忽，

它们的行动神速，使人发愁，

·吞人以益其心些。

为了增加它们的快乐，吃人老没个够。

·归来、归来……

回来吧！回来吧……

·不可以久淫些！”

那样的地方，实在不可以久游！”

·“魂兮归来！

“灵魂啊！你回来吧！

·西方之害，

西方真是坏得可怕，

·流沙千里些。[1]

大片的土地全是坑人的流沙。

·旋入雷渊，

飞沙把你一下漩进了深渊——那是雷公的老家，

·爢散而不可止些。

你势必变成碎渣，无止休地沉下。

·幸而得脱，

万一运气好，你找到了脱身的方法，

·其外旷宇些。

外面的旷野也是一望无涯。

·赤蚁若象，

似象一样大的红蚂蚁在地上爬，

① 《梦溪笔谈》谓：鄜延西北有范河，即流沙也。人马践之有声，陷则应时皆灭。又，西域度尔格，有沙海二千余里，沙乘大风如浪，行旅遇之，常为所压。

清·门应兆作

旋入雷渊,靡散而不可止些。……赤蚁若象,玄蜂若壶些。

· **玄蜂若壶些**。

黑色的土蜂的肚皮,像葫芦瓢一般大。

· **五谷不生,**

五谷在这里不可能发芽,

· **蘗菅是食些**。[1]

为了充饥,只好把丛生的茅草吞下。

· **其土烂人,**

那里的土地会使你的皮肤腐化,

· **求水无所得些**。

想弄一点水喝,那简直是说梦话。

· **彷徉无所倚,**

飘飘荡荡,无所依傍,

· **广大无所极些**。

四顾荒凉,大地茫茫。

· **归来、归来……**

回来吧！回来吧……

① 原文:"蘗菅",蘗同丛,菅音奸。菅是一种高大禾本的草,学名为Themeda gigantea。

·恐自遗贼些!”

不要自己害了自己呀!”

·“魂兮归来!

“灵魂啊!你回来吧!

·北方不可以止些。

北方不可以容你停留。

·增冰峨峨,

那里全是重重叠叠的冰山,

·飞雪千里些。

雪花飞舞,在上千里地的空中飘散

·归来、归来……

回来吧!回来吧……

·不可以久些!”

那样的地方,实在不可以久留!”

·“魂兮归来!

“灵魂啊!你回来吧!

· **君无上天些。**

你不要飘往天上。

· **虎豹九关，**[①]

老虎和豹子在那里巡视着门墙，

· **啄害下人些。**

它们锐利的牙齿在等待下界来人的伤亡。

· **一夫九首，**

还有一个怪人，脖子上长着九个头颅，

· **拔木九千些。**

他能在短短一天之内，拔起九千棵树木。

· **豺狼从目，**

他的形态狰狞，像豺狼一样横眉竖目，

① 原文"九关"之九，历来的注本，皆释为数字。武延绪则以为此"九"字与"纠"通。细咀味之，后者于义为胜。按九与纠古通。郭沫若先生曾说："九歌的九字并不是数目字，或许是纠字的意思，取其缠绵婉转。"我认为这种说法是对的。《庄子·天下篇》以九杂天下之山川，注九读纠；纠合错杂，使川流贯穿注海也。九与鸠、勼、纠并通。《论语》"九合诸侯"，古注九亦读纠，是九、纠通用之证。《周礼》"天官太宰以纠万民"，《释文》："纠，察也。"又小宰凡宫之纠禁，注纠，犹割也、察也。此九关之九即纠察之纠之证也。

清·门应兆作

虎豹九关，啄害下人些。一夫九首，拔木九千些。

豺狼从目，往来侁侁些。悬人以娭，投之深渊些。

·往来侁侁些。

来来去去,行动十分神速。

·悬人以娭,

他的嘴里悬着人头,洋洋得意,

·投之深渊些。

又把人头抛到深不可测的水底。

·致命于帝,

他办完了这些事,还要报告他的主子——天帝,

·然后得瞑些。①

然后,他才闭上眼睛休息。

·归来、归来……

回来吧! 回来咆……

---

① 据我的理解,自"一夫九首"至"然后得瞑些",所描写的都是那个怪物"一夫"。上文的虎豹是作为"一夫"的扈从或帮凶出现的。原文:"豺狼从目,往来侁侁些",郭沫若先生认为应移植在"一夫九首"与"啄害下人些"之间,殆是脱简错乱云。我以为认作错简的根据不大。蒋骥说:"豺狼从目,书此九首之夫,从目直视,如豺狼也。"绎文从之。"侁",音莘。"侁侁",往来疾也。"瞑"一本作"眠","瞑"于义为胜,不必改。有人认为"致命于帝,然后得瞑些"这一句不可解,并谓"瞑"字可能是"免"字声音的转变或错误,意为免祸云(见陆侃如等编注的《楚辞选》)。其实原文甚醒豁,瞑即"瞑且倦矣"之瞑,今言犹有所谓"瞑目",不必强为之改字以求解也。

· **往恐危身些！”**

你去了那样的地方，就活不成了！”

· **“魂兮归来！**

“灵魂啊！你回来吧！

· **君无下此幽都些。**

你不要沉入到地狱里去。

· **土伯九约，**[①]

地下有长着九条尾巴的鬼王，

· **其角觺觺些。**

他们有锋利的角，长在头上。

① 原文："土伯九约"，自王逸以来的旧注本多认为：约，屈也。意思是说土伯的身体有九节。我对这样的解释不很满意，因为后文明说"其身若牛些"，显然于义未安。郭沫若先生也找我讨论过这个问题，他注意的是这一段的下文："此皆甘人。"他说，"皆"字不能轻易放过，因而绝不能是一个土伯。这发现很有意思，郭先生读书精细，可见一斑了。蒋骥云："约，尾也。"今绎从之。我认为"九约"如释为九尾，则亦可解为九个土伯，犹今言九尾鱼，即九条鱼是也。九，言其多也，不必定为确数。又，俞樾释"九约"颇新颖，其说云："王氏解九约殊不成义，疑约乃觩之叚字，字亦作觹。《说文》云：'觩，调弓也。'非其本义。《广雅·释诂》：'觹，出也。'其字从角从弱，其本义当为新出之角。土伯九觹，其角觺觺，九觹即谓九角也。作约者以音近而通用。《左传》'齐国弱'，《公羊》作'酌'。约之通作觹，犹酌之通作弱矣。"（说见俞氏《读楚辞》）

· **敦脄血拇，**

后背又肥又胖，还有染着鲜血的手掌，

· **逐人駓駓些。**

追赶起人来，显出更恐怖的形象。

· **参目虎首，**

老虎头，三只眼睛炯炯闪光，

· **其身若牛些；**

他们的身体好像牛的模样；

· **此皆甘人。**

吃起人来，津津有味，又甜又香。

· **归来、归来……**

回来吧！回来吧……

· **恐自遗灾些！"**

你去到那样的地方，一定是自取灭亡！"

· **"魂兮归来！**

"灵魂啊！你回来吧！

· **入修门些。**

清·门应兆作

土伯九约，其角鬌鬌些。敦脄血拇，逐人駓駓些。参目虎首，其身若牛些……

你快些进入你祖国的城门。

·工祝招君，

能干的神巫招呼你的灵魂，

·背行先些。

他背着身子前行，做你的导引。

·秦篝齐缕，

秦国的薰笼，齐国的丝锦，

·郑绵络些。[①]

---

① 原文："秦篝齐缕，郑绵络些"，王逸云："篝络、缕，线也。绵，缠也。络，缚也。言为君魂作衣，乃使秦人织其篝络，齐人作彩缕，郑国之工缠而缚之，坚而且好也。"洪兴祖补注云："篝，占侯切，笼也，篝也。簩音落，可熏衣。绵，一作緜。《说文》：緜，联微也。"朱熹即谓："篝，簩也。缕当为篓，竹笼也。络即簩也，皆盛丝之器。丧具多用纩丝。"林云铭云，"陆时雍曰：篝，落也。缕，线也。绵络，缠缚之具也。魂行乘空，故设篝缕为线，绵络为笮，若世之所为浮度是也。"蒋骥云："篝，竹笼，以栖魂者。缕，线也。五色之线，以饰篝者也。绵络，灵幡也。古者人死，以其服升屋而号曰：皋某复。又以车建绥复于四郊，绥以牛尾为之，缀于橦上，冀神识之而来归。此言绵络，盖其遗意也。秦、齐、郑以其国善为此而名。"马其昶《屈赋微》云：《类篇》：上大下小而长谓之篝笭。《仪礼》郑注：筐竹器如笭者（见《士冠礼》）。古之复者，升屋而号曰：皋某复，招以衣受用筐以衣尸。郑谓：衣尸者覆之若得魂反之（见《士丧礼》）。此云秦篝，殆即筐类，齐缕、郑绵，皆谓衣也。络谓络绎。《礼》疏云：诸侯既用褒衣，又以冕服爵弁服而复也（《礼记·杂记》上）。高步瀛同意马说，并为之作以下的补充："齐缕为衣，则缕为褛之借字。《说文》曰：褛，衽也。《尔雅·释器》曰：衣裗谓之祉。郭注曰：衣褛也。齐人谓之挛。《释文》曰：缕又作褛。是褛即褛也。《礼记·玉藻》曰：纩为茧缊为袍。郑注曰：衣有著之异名也。纩谓今之新绵也。"综上观之，所谓"秦篝齐缕，郑绵络些"，所指都是"招具"——招魂用的器具。由男性的"工祝"背行导引，率领着若干巫者举行着这种类同舞蹈的招魂仪式。所用的"招具"，都带有神秘的象征气息。例如篝，用以笼络灵魂；缕、绵之类皆丝属，作幡，迎风飘飘，取意缠绵。作衣，则可以蔽灵。同时也寓有维系灵魂的用意。

另外还有郑国制造的网巾。

·**招具该备，**

这些招魂的工具全都现成，

·**永啸呼些。**

于是，以悠长的声音，召唤你的灵魂。

·**魂兮归来，**

灵魂啊！你回来吧……

·**反故居些！”**

回到你的故乡来安顿！”

·**“天地四方，**

“环顾四方，上天下地，

·**多贼奸些。**

尽都是迫害你的东西。

·**像设君室，**[①]

① 原文：“像设君室”，王夫之云：“像设者，以意想象而设言之。自此至末‘反故居些’，皆像设之辞，拟所以待其归者如此。”（见《楚辞通释》）王夫之显然是不满意朱熹的意见，朱云：“像盖楚俗人死，则设其形貌于室而祠之也。”按朱说指为影堂之始。就原诗诗意说，“通释”的说法较更深刻。自来说楚辞者，王夫之是一位较为杰出的人。主要的成就，不限于训诂名物；而是他的精神世界与屈原有相通之处。因此他给后来的楚辞研究者启发甚大。但此处的绎文，为求明白易晓，还是采用了朱注。至于影堂是否始此，则有待通人为之考释。

把你的画像安排在你的房里，

·**静闲安些**。

那房子安静、宽敞，居住最为相宜。

·**高堂邃宇**，

高大的厅堂、重重的屋宇幽闷，

·**槛层轩些**。

曲曲的栏干、叠叠的前檐飞起。

·**层台累榭**，

层出不穷的亭台楼榭，

·**临高山些**。

居高临下地在那山上建立。

·**网户朱缀**，

像丝网般的窗棂分外精细，门户上还雕着朱红的花漆

·**刻方连些**。[1]

---

① 原文："网户朱缀，刻方连些"，五臣云："织网于户上，以朱色缀之。又刻镂横木，为文章连于上。"王夫之云："网户，户上承檐，以铜丝纽网御燕雀；缀，户楣上板（按：此释朱缀）。刻方连者，雕缀作四方相连，如今卍字。"胡濬源云："网户者，用丝网络冒户以防飞鸟，故谓之网户。"（见胡乙灯：《楚辞新注》）《大戴礼·盛德》："赤缀户，白缀牖。"则户为朱缀矣。朱熹云："网户者，以木为门扉，而刻为方目，使如罗网之状，即汉所谓罘罳，而程泰之以为今之亮隔，其说是也。朱缀者，以朱丹饰其交缀之处，使其所刻之方相连属也。"贺宽笺云："窗户玲珑，朱文连缀，此饰于堂宇者。"（见《山响斋饮骚》）绎文衷诸说，采取了较大胆的意绎。

那整齐的花纹，真是美丽得出奇。

·冬有突厦，

冬天住在深幽的屋子里，舒服无比，

·夏室寒些。

夏天的房子，经常有一股凉气。

·川谷径复，

户外环绕着条条的小溪，

·流潺湲些。

流水的声音，流得又快又急。

·光风转蕙，

秋风送爽，蕙花摇曳着芬芳，

·泛崇兰些。

丛生春兰的幽香，在水边荡漾。

·经堂入奥，

经过厅堂，进入了卧房，

· **朱尘筵些；**[①]

只见那：朱红的天花板朱红的床；

· **砥室翠翘，**

紧靠着水磨石筑成的墙，翠鸟的羽毛在发亮，

· **挂曲琼些。**

悬挂在琼玉制成的床钩上。

· **翡翠珠被，**[②]

铺盖上装饰着珠宝，还刺绣着鸳鸯，

① 原文："朱尘筵些"，王逸注："朱，丹也。尘，承尘也。筵，席也。《诗》云：'肆筵设机。'言升殿过堂入房，至室奥处，上则有朱画承尘；下则有簟筵好席，可以休息也。或曰：朱尘筵，谓承尘搏壁曼延，相连接也。"洪兴祖云："搏，一作薄。"按所谓承尘，有两种解释：一是指帐子。《檀弓》："君于士有赐帟。"注："帟，幕之小者，所以承尘。"《释名·释床帐》："承尘，施于上以承尘土也。"另一是指藻井，俗称天花板。《后汉书·雷义传》："默投金于承尘上，后葺理屋宇乃得金。"一般说来，承尘指帐子，应是古义。但王注的"或曰"很值得注意：所谓"谓承尘搏壁曼延，相连接也"，知筵谐为延。下文又紧接着是"砥室"。可知此处的承尘是与砥室的墙壁相连的。所以释为藻井较合适。至于从天花板滑到墙上，怎么又滑到对床上描写起来呢？我曾和友人王闻夫先生讨论过。他说："你到故宫去过么？"这句话启发了我。我看这里所描写的床，和现今在故宫所见到的床差不多，墙壁上有一块地方凹进去，床便安排在那里面。因而壁上的陈设与罗帐的外端几乎是挨在一起的。

② 原文："翡翠"，王逸注："雄曰翡，雌曰翠。"洪兴祖曰："翡，赤羽雀。翠，青羽雀。"《异物志》云："翠鸟形如燕，赤而雄曰翡，青而雌曰翠。翡大于群，其羽可以饰帏帐。"故知翡翠原是鸟名，有红有绿。后来称一种以绿色为主的硬玉为翡翠。至于翡翠究竟是什么鸟，搞不清楚。绎文作鸳鸯，想当然耳。

·烂齐光些。

发射出夺目的颜色，灿烂辉煌。

·蒻阿拂壁，[①]

上等的绸缎作为墙壁的衣裳，

·罗帱张些；

床上张挂着半透明的轻罗帐；

·纂组绮缟，

五彩的丝带在飘荡，

·结琦璜些。[②]

还有美玉做成的流苏在闪光。

·室中之观，

这间房子里的陈设真是洋洋大观，

·多珍怪些。"

说不尽的希奇古怪的珍珠宝藏。"

---

① 原文："蒻阿"，蒻与弱同；阿，细缯也。弱阿犹弱緆。《淮南子·齐俗篇》曰："弱緆罗纨"是也。"阿"字或作"絅"，《广雅·释器》曰："练也。"

② 原文："纂组绮缟，结琦璜些"，王逸云："纂组，绶类也。璜，玉名也。言帱帐之细，皆用绮缟，又以纂组结束玉璜，为帷帐之饰也。"王夫之云："系以琦璜，盖流苏之类。"

·“兰膏明烛，

“冒出兰花香味的灯烛，明晃晃地十分耀眼，

·华容备些。

众多女子的容貌都长得异常明艳。

·二八侍宿，

八对美丽的少女来侍候你的睡眠，

·射递代些。[①]

她们轮班交替，当每一天的夜间。

·九侯淑女，

来自各方的善良的嫔妃，

·多迅众些。[②]

她们一个个都是惊人的艳丽。

---

① 原文：“射递代些”，王逸云：“射，猒也。《诗》云：‘服之无射。’递，更也。言使好女十六人，侍君宴宿，意有厌倦，则使更相代也。或曰：夕递代。夕，暮也。”按：夕递代甚是。但不必据改“射”为“夕”。夕、射古声同，可通用。《左传》桓公九年：“曹世子射姑”，《史记》曹世家作“夕姑”，是其证。“射’，又与“夜”通。《左传》文公六年：“使狐射姑”，穀梁作“夜姑”，是其证。故“射递代”应读作“夕递代”或“夜递代”。

② 原文：“九侯淑女，多迅众些”，九侯，王逸认为是九国诸侯，洪兴祖云：“九服之诸侯。”后来有许多注家，则认为是用故实，九侯是商纣王的诸侯，进女于纣，美而不喜淫，此借以为称美之辞。细研文谊，此九侯淑女，不应作单数，故（接下页）

清·门应兆作

二八侍宿，射递代些。九侯淑女，多迅众些。

· **盛鬋不同制，**

各种不同式样的发结低垂，

· **实满宫些。**①

莺莺燕燕，充满了整个宫闱。

· **容态好比，**

她们的容貌和体态，美好得使人无法评其高矮

· **顺弥代些。**②

真个，俱都是旷世绝代，并时难再。

绎文从旧说。淑女，善女也。按此处淑女，乃指后宫佳丽，后文"实满宫些"可知，故绎作嫔妃。或曰：以此观之，《招魂》也应该是招怀王之魂，非屈原自招。我以为用这样的理由来坐实是不妥当的。例如《离骚》有"求虙妃之所在""见有娀之佚女""留有虞之二姚"等等之类的话，并不因此可以把《离骚》理解为王者求爱之诗。又，王闿运云："诸侯一娶九女，谓之九公子，故曰九侯。"这种说法，也嫌太泥古了。"多迅众些"，有人怀疑"迅"为"且"字之讹，犹《诗经》"多且旨、多且有"之例。有人认为"迅"与"洵"同。这一句诗是比较费解的。五臣谓："其来迅疾，众多于此"，这种说法，显然很不圆满。高步瀛云："多疑姼之通省。《说文》曰：'姼，美女也。'《汉书·叙传》曰：'姼姼公主。'颜注曰：'姼姼，好貌也。'迅、讯字通，讯字又作询。《尔雅·释诂》曰：'询，信也。'《诗·宛丘》毛传曰：'洵，信也。'《方言》一曰：'恂信也。'《说文》曰：'恂，信心也。'是询、洵皆恂之借字，故迅亦可借为恂字。多迅众犹《诗》言'洵美且仁'，言美而信众也。"我以为迅众犹今言所谓超群、出众之意。

① 原文："实满宫些"，乃指后宫众多的美人，绎文贯以"莺莺燕燕"乃补足语意。

②原文："容态好比，顺弥代些"，比，齐同也，等伦也。顺，旧注多以为为柔顺之顺，未安。吴北江谓顺为洵之借字，是也。弥代犹言盖世（王夫之说）。弥代一本作弥世，疑唐人避太宗讳所改。

·弱颜固植，

谦逊腼腆的外形，不可侵犯的内在，

·謇其有意些。[①]

正直的语言，发自她们忠贞的情怀。

·姱容修态，

她们玉貌亭亭，容态安详，

·絚洞房些。[②]

从容不迫地漫步在洞房。

·蛾眉曼睩，

修长的眉毛下，有一对秀丽的眼睛，

·目腾光些。

在发射出夺人心魄的闪光。

---

① 原文："弱颜固植，謇其有意些"，王夫之云："弱颜，含羞之意。"王逸旧注则谓弱颜易愧，知弱颜有谦逊之意。绎文兼采以上二义。植，志也，读若志。謇，正言貌。林云铭云："謇，难言貌，欲启口而若难，甫聆声而有味也。"惟正言其难言，其义一也。故謇又有忠贞之余义。有意，五臣云："有意礼则之意。"我以为此乃承"固植"而言，故绎作"忠贞的情怀"。

② 原文："絚洞房些"，王逸云："絚，竟也。"王萌云："絚，绳也。"（见《楚辞评注》）承上文意思是说，姱容修态的美人，遍于洞房。林云铭云："絚，缓也，以美容而修饰其态，既代而归洞房，有舒缓不迫之意。"（见《楚辞灯》）林说于义为胜，绎文从之。

·**靡颜腻理，**

多么细腻的肤色，多么精致的形象，

·**遗视𥈠些**。

清澈的眸子，偶尔瞟人一眼，就会使人终生难忘。

·**离榭修幕，**

花木深处别有住房，里面张挂着罗帐，

·**侍君之闲些**。”

美人们在守候着你闲暇的时光。”

·“**翡帷翠帐，**[1]

翡翠色的帷幔和罗帐，

·**饰高堂些**。

装饰着那间宽敞的厅堂。

·**红壁沙版，**

墙上涂着红色，用朱砂描绘在板壁上，

·**玄玉梁些**。

① 参见299页注②。

用黑色的玉石，做成栋梁。

·**仰观刻桷，**

抬起头，你可以看到房椽上雕刻着各种花样，

·**画龙蛇些。**

龙蛇竞舞，真是金碧辉煌。

·**坐堂伏槛，**

在那厅堂里坐下，手扶着栏干，

·**临曲池些。**

面临着弯弯曲曲的水池。

·**芙蓉始发，**

莲花的花瓣，开始舒展，

·**杂芰荷些。**

菱花与荷叶夹杂着，在水中点染。

·**紫茎屏风，**[1]

漂浮着的蓴菜，有紫色的根茎，

·**文缘波些。**

[1] 原文："屏风"，即水葵，亦即蓴菜，学名为 Brasenia peltata。蓴，音纯，或写作莼字，状若小荷叶，产于湖泽中，可以作羹，味甚清芬。

风起水动，形成了微微的波澜。

·文豹异饰，[①]

勇士们披着豹子皮，特别威武的打扮，

·侍陂陁些。

无论是高岗和平原，都有他们在站班。

·轩琼既低，[②]

当你那华丽的车辆来到，

·步骑罗些。

步兵和骑士们都罗列在道旁。

① 原文本作："文异豹饰"，王逸注云："豹犹虎豹，言侍从之人，皆衣虎豹之文，异采之饰，侍君堂隅，卫阶陛也。"吴汝纶曰："据王注，此句当作文豹异饰。"吴说甚是。闻一多云："案'文异豹饰'文不成义，疑当作'文豹异饰'。古书多言文豹。《庄子·山木篇》曰：'夫丰狐文豹，栖于山林'，《说苑·政理篇》曰：'翟人有封狐文豹之皮者'，《三国志·魏志，东夷传》曰：'土地饶文豹'，而《拾遗记》一曰：'帝乃更以文豹为饰'，与此语意尤近。王注曰：'言侍从之人皆衣虎豹之文，异采之饰'，是王本正作'文豹异饰'，惟以'虎豹之文'释'文豹'为未允耳。原本《玉篇》自部引与今本同，则误自六朝已然。"（见《楚辞校补》）故原文据改。

② 原文："轩辌既低"，王逸云："轩、辌，皆轻车名也。低，屯也。一曰低，俛也。"朱熹同意低为俛义，朱云："凡车行之势一低一昂，《诗》所谓如轾如轩者也。此则指其方低而未昂、方轾而未轩之时而言耳。"朱说甚纡巧，不可从。郭先生则谓："低与邸通。《九章·涉江》'邸余车兮方林'，王逸注云：'邸、舍（捨）也。邸一作低。'故径译为'下车逍遥'。"低与邸通是不成问题的。按此处低应读作氐（见《广雅疏证》），今写作抵，至也。轩，曲辀藩车，辌音凉，卧车也，俱是考究的车辆。

清·门应兆作

芙蓉始发，杂芰荷些。……文豹异饰，侍陂陁些。

· **兰薄户树，**①

一丛丛的兰花栽在你的大门口，播散着芬芳，

· **琼木篱些。**

一棵棵的玉树成为你户外的屏障。

· **魂兮归来，**

灵魂啊！你回来吧……

· **何远为些？"**

你为什么要飘向那遥远的地方？"

· **"室家遂宗，**②

① 原文："兰薄户树"，木丛生曰薄，薄又有迫近之义。树，植也。武延绪之说甚新颖，其说云："按各解俱非。兰，兵器架也。《管子·小匡》篇：'轻罪入兰盾鞈革二戟。'注：兰锜兵架也。张衡《西京赋》：'武库禁兵，设在兰锜。'注：兵器架也。受他兵曰兰，受弩曰锜。薄，读曰簿，古叚借字。《汉官仪》：天子车驾，法从次第，谓之卤簿。兵卫以甲盾居外为前导，皆著之簿，故曰卤簿。《史记·黥布传》：'布常为军锋。'注索隐曰：《汉书》作楚军前簿。簿者，卤簿。又百官皆有卤簿，各分等差。《梁书·王僧孺传》：'道遇中丞卤簿'是也。据此，则兰簿承上言，侍从车甲之盛，不得又牵入兰茝解也。户树，言兵卫当门而立也。……又《说文》无'簿'字，皆借用'薄'字。……凡经传中作簿者，皆后人改之。"（详见武氏《楚辞札记》）按武说亦可通。绎文则从旧说。

② 原文："室家遂宗"，王逸云："宗，众也。"朱熹云："室家，宗族也。宗，尊也。"王夫之云："宗，当读作崇，富也。"按船山之说是也。武延绪云："寻《易·系辞》：'崇高莫大乎富贵。'当兼富贵言之。"故绎文作：钟鸣鼎食之家，所据以此。

"这真是一个钟鸣鼎食之家,

· **食多方些**。

吃起东西来,也特别豪华。

· **稻粢穱麦**,

主食有大米、小米、新麦……

· **挐黄粱些**。

还有最上等的高粱米掺杂。

· **大苦咸酸**,

调味有酸、甜、苦、辣……

· **辛甘行些**。

五味俱全,真是不差。

· **肥牛之腱**,

肥牛肘子上的腱子肉,

· **臑若芳些**。①

炖得又香又透。

① 原文:"臑若芳些",王逸云:"臑,若熟烂也。言取肥牛之腱烂熟之,则肥濡臇美也。"洪兴祖云:"臑一作臑,一作胹。臑,仁珠切。胹音而,《释文》作烝,而兖切。腝、焖、胹、臑,皆有而音,《说文》云:烂也。"或曰:"若,杜若也,用以煮肉,去腥而香也。"若,亦训为而。

·和酸若苦，

酸味的汤加上一些特制的黄豆，

·陈吴羹些。[①]

这汤做得真稠，是吴国大师傅的拿手。

·胹鳖炮羔，

红炖甲鱼肉，叉烧小羊肉，

·有柘浆些。[②]

拌上甜酱，最为可口。

① 原文："和酸若苦，陈吴羹些"，若，犹及也。王逸云："言吴人工作羹，和调甘酸，其味若苦而复甘也。"终觉有增字强为之解的嫌疑。疑此处之"苦"，殆所谓"大苦"，王云："豉也。"豉即今言豆豉，洪兴祖谓豉秦汉以来始有之，其说不必从。豆豉多以黄豆为之。段玉裁云："作豉必室中温暖。"故绎"苦"为"特制的黄豆"。豆豉汁作羹，今西南诸省，犹有食之者。羹，浓汤也。绎文："稠"，浓也。北京语，真稠犹言真浓。

② 原文："胹鳖炮羔，有柘浆些"，胹，参阅五十页注一。按胹或写作洏，有烹煮之义。周拱辰云："柘浆所以饮者，此则以烹鳖与羔也。今人欲烹美味，以甜酒浇之，即此意。《周礼》四饮之物，三曰浆。周氏《星经》：'酒醪五齐之物，天文酒旗星主之；浆水六清之属，天文天乳星主之。'内则所云酒与浆，本自两物。浆有以米作者，粟米新熟，煎味甘酸，微温无毒，主调中引气是也；有以果作者，唐晏士有三勑浆：诃梨勒、庵摩勒、乌揽勒是也；有以柘作者，汉泰樽柘浆，唐大庖还有柘浆寒是也。"（见《离骚草木史》）周孟侯所谓以甜酒浇之的说法，自可通。惟周好谈玄，以示博学。援上所征引者可知。按柘，即蔗，学名为 Saccharum offcinarum。柘浆殆今之甜酱是也。因为"有柘浆些"，故知上句"胹"非清炖，"炮"，犹叉烧。

·鹄酸臇凫，

醋烹天鹅肉，干烧野鸭肉，

·煎鸿鸧些。[①]

还有大雁肉，锅里煎起来直冒油。

·露鸡臛蠵，

卤鸡和焖龟的味儿真厚，

·厉而不爽些。[②]

香喷喷的，全凭火候。

① 原文："鹄酸臇凫，煎鸿鸧些"，梁章钜《文选旁证》卷二十八云："以上下句例之，当作酸鹄臇凫。"闻一多同意梁说，并援《类聚》引文，视为确证。其实屈赋语法，变化甚多，不必擅改。如以《九歌》："吉日兮辰良"为例，便可知之。鹄，学名 Cygnus bewicki，游禽类，体长三尺余，形似鹅，全体纯白，栖河湖近傍及水滨，一名天鹅。臇，少汁也。殆即今所谓干烧。凫，学名 Anasplatyrhyncha platyrhyncha，游禽类，常群游湖沼中，俗名野鸭。鸿，学名 Ansersegetun serrirostris，游禽类，为雁之最大者，头颈及背面，暗黄褐色，尾灰褐色。我国古书上的鸿或黄鹄大概指的都是这类东西，不是鹄。鸧，《尔雅·释鸟》："鸧，麋鸹。"注："今呼鸧鸹。"洪兴祖补注乃转钞《尔雅》。林云铭《楚辞灯》云："鸧，仓庚。"显然是错误的。仓庚，《禽经》云："今谓之黄莺。"《诗经·七月》上说的"有鸣仓庚"指的正是这种善鸣的黄莺，个子很小，和大雁放在一起煎食，恐怕不会有这样的吃法。至于鸧鸹，亦名白顶鹤，学名 Grus leucauchen，羽色青灰或灰黑，唯自头顶、颈背至肩及喉前皆白色。这种鸟我国南部并不多见，是否可食，也有待研究。我怀疑鸿鸧恐怕是复辞单义；然则鸧为仓庚也有可能，一大一小，指其大，指的是大雁。故绎文作大雁肉。

② 原文："露鸡臛蠵，厉而不爽些"，露鸡，王逸云："露栖之鸡也。"注家大体转抄此注，语义难明。所谓露栖之鸡意思，或解释为：鸡之露栖者。（见贺宽：《饮骚》）王夫之云："露鸡，古人食品之异，其法未闻。"王夫之虽没有解决问题，（接下页）

·粔籹蜜饵，

米面煎的甜点心味道香，

·有怅惶些。[①]

上面满涂着麦芽糖。

·瑶浆蠠勺，

浓郁的美酒甜得像蜜一样，

·实羽觞些。[②]

满满的一杯又一杯，细加品尝。

但却把露鸡的"露"字，看成一种制法，这是对的。我过去一直怀疑旧注之不可通，认为"露"乃"风露"之"露"。露鸡犹言风鸡也。风鸡今人犹有这种吃法。惜无所据。故绎文采武次彭说："按《吕氏春秋·本味篇》：'大夏之盐，宰揭之露。'《开元占经》作：'雩揭之露。'宋本《初学记》作：'揭蕚之露。'"要之，上二字虽异，其为露则一，盖和之美者。露鸡殆以露和鸡而制为食品，犹今俗称卤鸡是也。疑露古通卤，即今酱油也。"臛"，一种没有菜的羹，相当于牛肉汁或鸡肉汁之类的东西，用以烩焖别的食品。"蠵"，大龟也。亦名蠵龟，产海中，有绿、赤两种，后者体长约六尺。学名为 Caretta olivacea。古人目龟为珍贵食品，谓其性能滋补。今中医犹以龟甲入药。根据《神农本草经》《本草备要》等书的记载，此物确有滋阴、益血、补虚的作用。"厉"，烈也。厉读作烈，若厉山氏即烈山氏，厉风即烈风，皆其例。厉、烈古通。烈乃香气浓烈之意。"爽"，爽败也，绎作"全凭火候"乃意绎。

① 原文："粔籹蜜饵，有怅惶些"，粔籹音巨汝，以米面和煎者。饵，糕也。蜜饵，乃以蜜和粉做糕。怅惶音张皇，饧也，故绎作麦芽糖。

② 原文："瑶浆蠠勺，实羽觞些"，通行本蠠作蜜，古本蜜作蠠。按蠠勺之蠠读作蜜可，如朱熹说读作巾幂之幂亦可。蠠通作幂，以疏布盖尊也。勺古通酌。盖言揭幂酌之之意。绎文从蠠为蜜说，蠠勺犹言甘醴，与瑶浆对文，且与下句"实羽觞些"义相贯。"羽觞"，刻雀形为酒器，即酒杯也。洪兴祖云："实曰觞，虚曰觯。"故知"实羽觞"非指单数，故绎作"满满的一杯又一杯"。

· **挫糟冻饮，**

再喝一点冰镇的酒酿汤，

· **酎清凉些。**[①]

饮用酒酿汤，遍体都会感到清凉。

· **华酌既陈，**

酒宴当前，尽兴舒畅，

· **有琼浆些。**

这儿有饮用不完的玉露琼浆。

· **归反故室，**

回来吧，回到你原来居住的地方，

· **敬而无妨些。”**

好好地生活，你不会受到任何灾殃！”

· **“肴羞未通，**[②]

① 原文："挫糟冻饮，酎清凉些"，挫，捉也。糟，犹今甜酒酿中之糟。挫糟冻饮谓捉去其糟但取其甜酒冷饮之。酎，醇酒，按即指上文冻饮也。

② 原文："肴羞未通"，鱼肉为肴。羞，进也。肴羞指宴席。"通"本作"彻"，王逸避汉武帝讳，故改为"通"。彻，去也。《仪礼·士冠礼》："彻筵席。"《左传》宣十二年："军卫不彻警也。"彻皆训去，不训通，作通则文不成义。说详见武延绪《楚辞札记》，武氏说本陈本礼。

"宴席还没有完全收场，

·女乐罗些。

姑娘们组成的乐队，已经排列成行。

·陈钟按鼓，[1]

钟声高低抑扬，还有应和着节奏的鼓响，

·造新歌些。

新制的歌曲伴随着乐声唱。

·涉江采菱，

唱罢了'采菱'唱'涉江'，

·发扬荷些。[2]

舞曲'阳阿'，打动了人的心房。

·美人既醉，

---

① 原文："陳钟按鼓，造新歌些"，陳一作陈，以不改为是。王逸注文中谓撞钟是也。是钟乃和歌之钟，钟颇小，凡十六具，各应吕律，上下皆八，同悬于一钟架子上，《春秋》言"歌钟二肆"是也。陳钟犹言撞敲陈列之钟。按鼓犹言按节击鼓。造犹制。

② 原文："涉江采菱，发扬荷些"，涉江、采菱、扬荷皆楚歌曲名。《淮南子·俶真》云："足蹀阳阿之舞。"知阳阿乃舞曲名。高注云："阳阿古之名倡。"是阳阿乃以倡名为舞名矣。又《人间》曰："歌采菱，发阳阿。"《说山》曰："欲美和必先始于阳阿采菱。"然则采菱不必与涉江连，定为一曲之名。故绎文涉江采菱区为二曲，非仅求叶韵而已。又荷、阿字通用。

美丽的姑娘们，显然有些醉意，

· **朱颜酡些**。[1]

酒晕像红霞，飞上了娇艳的双颐。

· **娭光眇视**，

眸子宛转地流动着光辉，时而温柔地驻留微睇，

· **目曾波些**。[2]

水汪汪的眼睛，如秋水之波所形成的涟漪。

· **被文服纤**，

绫罗的衣服上绣着好看的花色，非常精细，

① 原文："朱颜酡些"，酡，酒色著面也。王逸云："朱，赤也。酡，著也。言美女饮啖醉饱，则面著赤色而鲜好也。"朱训赤，自是不差，但王注似乎是说朱颜即是醉颜，绎成今语变成了："喝醉了的脸通红。"通红，非必即酡也。故朱颜犹今言红颜，此处的"红"字有娇艳如花的意思。

② 原文："娭光眇视，目曾波些"，王夫之注得好："娭光，流目送光，眇视，微眄也。曾波，目若含水波纹重叠之状。"娭，肸医切，音熙。娭光以今语绎之，煞费斟酌。初绎作"流动着光辉的眸子"，不切；再绎作"光辉的眸子流动着"，又不妥；三绎作"眸子流动着光辉"，差近，但觉虽能状其流目之光，而不能仿佛其柔情；四绎改三绎"流动"二字为"飘送"，颇能传其情致，但嫌其有佻巧之感；五绎始如此，在四绎"眸子"下，频增"宛转地"三字，语言节族顿为之舒卷。是否能依稀传达原作之美，实非敢端详也。诗人好以水状目，曰秋波、秋水。"目曾波"之作意亦如此。

·丽而不奇些。[1]

美丽；但是并不以古怪出奇。

·长发曼鬋，

飘漾着的长头发，光泽的发髻，

·艳陆离些。[2]

艳丽得使我们丧失了批评的能力。

·二八齐容，

八对姑娘的动作仪容，都很整齐，

·起郑舞些。[3]

她们跳着郑国之舞，把长袖飞起。

---

① 原文："丽而不奇些"，王逸云："丽，美好也。不奇，奇也。"后者从反训，终觉难惬意。梁章钜云："丽而不奇与上文厉而不爽句同，言虽华丽而不奇衺也。"按梁说甚是，奇训奇邪，犹诡异也。《曲礼》云："国君不乘奇车。"奇车谓奇邪不正之车也。《史记·赵世家》云："服奇者志淫。"此皆奇训奇邪之证。说详见武延绪《楚辞札记》卷二。蒋骥则认为：丽而不奇言五色绚丽，色不奇单也。并谓此处总以繁杂为主，故特下"不奇"二字。（见蒋氏《楚辞余论》卷下）蒋说较训"不奇，奇也"为胜，但不若训奇邪为明豁耳。

② 原文："艳陆离些"，王逸云："其状艳美，仪貌陆离而难具形也。"难具形的"难"字，下得很有分寸。绎文所以说"丧失了批评的能力"者以此。

③ 原文："二八齐容，起郑舞些"，齐容言作止如一。王逸云："郑舞，郑国之舞也。言二八美女，其仪容齐一，被服同饰，奋袂俱起而郑舞也。"奋袂俱起颇能状其神，故绎作"长袖飞起"。

·衽若交竿，

舞步迅速旋转，襟前的飘带如竹影交织，

·抚案下些。[①]

她们愈舞愈靠近我们的宴席。

·竽瑟狂会，

急管繁弦结合在一起，像是发了狂，

·搷鸣鼓些！

大鼓的声音，也在咚咚地响！

·宫庭震惊，

整个的宫庭，都被震动得发慌，

·发激楚些。[②]

激动的楚国的乐声，分外高亢。

---

① 原文："衽若交竿，抚案下些"，衽，一作袵，衣前襟也。周拱辰谓"衽若交竿"，即世所云敛衽，盖言舞者如竿之植，非是。疑衽并指襟前饰带。交竿较费解。今语犹有所谓立竿见影，以竿喻舞者非指竿，乃以竿影状之也。竿影摇曳，浓密参差，以形容群女舞姿也。"抚案下些"，王逸注：抚，抑也。以手抑案而徐来下也。细研后文，群女未尝离场。则"案下"应连读，案乃举案齐眉之案，指宴席。抚乃迫也，指群女盘旋案下也。

② 原文："发激楚些"，五臣云："激，急也。楚，谓楚舞也。"李善云："激楚，歌曲也。"是激楚之乐乃急骤高亢者也。

·吴歈蔡讴，

软媚的吴国和蔡国的歌唱，

·奏大吕些。”①

也被吸收进我们伟大的乐章。”

·“士女杂坐，

“男女们夹杂地坐在一起，

·乱而不分些。②

在乐声将终时，尽情恣意。

·放陈组缨，

甩掉帽子，抛开腰带，放松了外衣，

·班其相纷些。③

乱纷纷的一片，欢天喜地。

---

① 原文："吴歈蔡讴，奏大吕些"，吴歈蔡讴意为吴人歌谣，蔡人讴吟，俱艳曲也。大吕则指雅歌。或云此二句乃谓以艳曲始，以雅歌终。我以为乃指采地方俗歌人雅乐也。

② 原文："乱而不分些"，此乱即乱曰之乱。一曲既终，繁管促弦，交错并作，故曰乱。"不分"者，指恣意调戏也。

③ 原文："放陈组缨，班其相纷些"，"放"，解也。"陈"，疑犹掷也。"组"，指束衣之带。"缨"，以系冠者。"班"或作斑，状纷乱。蒋骥则云："班，坐列也。纷，乱也。乱而不分，男女犹有常位；班其相纷，则更易无定矣。"怀沙按：前文乱而不分乃形容其声，此处班其相纷则形容其色。或云："放陈组缨"，其楚庄灭烛绝缨之类乎？

·郑卫妖玩，

来自郑国和卫国妖冶的女子们，标新立异，

·来杂陈些。[1]

她们为的是表现自己。

·激楚之结，

在急骤的舞步中，她们抖动着发髻，

·独秀先些。[2]

恍惚只有她们的打扮，比先前的人都美丽。

·菎蔽象棋，

玉筹码，还有象牙棋，

① 原文："郑卫妖玩，来杂陈些"，郑卫风淫，"妖"，妖冶也。状郑卫之女的骀荡。或释"妖玩"为妖好可玩之物。细研文谊，妖玩不仅指其姿容，亦兼指其服饰及动作，皆与众迥异，故绎作标新立异。"陈"，列也，按此处有炫耀卖弄之意。

② 原文："激楚之结，独秀先些"，"激楚"参阅318页注②。王逸训激为感也，结为头髻，秀，异也，并谓其结殊形，能感楚人，故异之而使之先进也。曲为之解，不可从。王夫之云："结，曲尾也。独秀先者，曲终而奏激楚，独秀于先作之乐也。此言歌舞之美。"（见：《通释》）吴汝纶则谓："《上林赋》：'激楚结风。'《淮南》云：'结激楚之遗风。'（《原道篇》）即此所云激楚之结也。上云激楚者谓歌，此谓舞。"怀沙按：此种激楚云云，重点指舞甚是。结训髻非必无因，盖舞步急骤时，云鬟亦为之抖动。独秀先者以此。前此之舞，缓速有节。此则激情如沸，大为放佚矣。

·有六簙些。[1]

骰子转动起来使人着迷。

·分曹并进，

分成好几摊人，同时进行着赌博的游戏，

·遒相迫些。[2]

心中焦急，彼此间互相猜忌。

·成枭而牟，

赢了的人得到了几倍的利息，

·呼五白些。[3]

① 原文："菎蔽象棋，有六簙些"，本作菎篦，或作菎蔽。王逸注："菎，玉也。蔽，簙箸，以玉饰之也。"又注曰："言宴乐既毕，乃设六簙，以菎蔽作箸，象牙为棋。"洪兴祖云："菎一作琨，一作箟。"闻一多《楚辞校补》云："菎当从一本作菎，涉下蔽字从艸而误也。"闻氏以为箟即箟簬，亦即箘簬，竹名也。箟蔽谓以箟蔽之竹为簙箸。怀沙按：《博雅》云："博箸谓之箭。"箭读若暨，即所谓"篦"也，字应从竹。菎乃琨之假字。故绎菎篦为玉筹码，与象棋为对文。六簙，古博戏之一种，注法不甚了了。为使绎诗醒豁，采取了意绎。骰子亦有六面，博胜负者以此。自审这样意绎，亦颇切合。

② 原文："分曹并进，遒相迫些"，王逸云："曹，偶也。"五臣曰："遒，急也。"按相迫犹言相逼。"遒相迫"如直译应为"急不暇待地对敌相逼"。此则意绎。

③ 原文："成枭而牟，呼五白些"，《韩非子·外储说》云："博者贵枭。"《列子·说符篇》《释文》引古《博经》曰："二人互掷采行棋，棋行到处，即竖之，名为骁棋。"《后汉书·刘焉传》注曰："枭，即骁也。"是知枭，勇也。"成枭"乃谓博采也。王逸云："倍胜为牟。"又云："五白，簙也……呼五白以助投也。"吴曾《能改斋漫录》云："五木之戏，贵采四、贱采五，四采之中，有采曰白，盖五木皆白也，枭乃贱采，故欲胜枭，呼五白也。"枭乃贱采的说法恐怕是靠不住的。《战国策》云："博所以贵枭者，欲食则食，欲握则握。"《晋书·谢艾传》："六博得枭者胜。"但五白可能是更为可贵之采，王逸所谓的"呼五白以助投"，疑是指赢家诱对手继续下注，故意替对手"呼五白"也。

面对着赌局，嘴里还替对方吆喝着胜利。

·晋制犀比，

据说晋国制造的赌具非常精细，

·费白日些。[①]

这玩意儿，耗费时间，败人意气。

·铿钟摇簴，

听！敲钟，敲得悬钟的架子格格的响，

·揳梓瑟些。[②]

鼓瑟，瑟弦子愈来愈高亢。

·娱酒不废，

① 原文："晋制犀比，费白日些"，王逸云："晋，国名也。制，作也。比，集也。费，光貌也。言晋国工作簙棋箸，比集犀角，以为雕饰，投之皓然如日光也。"吴汝纶云："犀比一物也。《汉书·匈奴传》：'黄金犀毗。'师古曰：'云胡带之钩。'张晏云：'鲜卑郭洛带瑞兽名也。'盖犀毗为瑞兽，此殆刻作玩好之具耳。"王逸以费为光貌，乃以费为怫之借字，怫，火貌，又作曊。《淮南·坠形篇》："日之所曊。"高注曰："曊，照也。"故知此二语可释为：晋国所制作之博箸之器，以犀比刻之，曊然有光如白日也。屈复云："费，耗。费白日，言博者争胜，耽著不已，耗损光阴也。"此处忽作规劝语，真一往情深。或谓"犀"乃瓠子，《诗》云"齿如瓠犀"是也。盖晋国工为簙具，其制大小长短，彼此如一，若瓠中之子，方正洁白而整齐也。（说见吴世尚：《楚辞注疏》）

② 原文："铿钟摇簴，揳梓瑟些"，铿，撞也。摇，动也。簴，悬钟架也。参阅315页注①。揳，鼓也，抚也。梓瑟乃以梓木为瑟。

喝吧，拿起酒杯来就别放，

· **沈日夜些**。[1]

白天黑夜，沉湎在醉乡。

· **兰膏明烛**，

明晃晃的烛光，冒着兰花香，

· **华镫错些**。[2]

结彩的灯笼，四处悬挂高张。

· **结撰至思**，

锦绣般的文章，缘于精深的思想，

· **兰芳假些**。[3]

这文章也会吐出一股芬芳。

· **人有所极**，

---

① 原文："娱酒不废，沈日夜些"，王逸释不废为不废政事，又曰昼夜沉湎以忘忧。无乃矛盾？绎文从朱熹注："不废，犹言不已也。沈，沈湎也。"或谓废乃撤去之义，《诗》云："废彻不迟。"意与朱注近。一本"不废"作"不发"，闻一多云：发，废正借字，"发"谓酒醒。说亦可通。

② 原文："华镫错些"，镫，锭也。徐铉曰："锭中置烛为镫。"华，雕饰也。错，置也。此处之华镫应为复数，则此"错"应用交错繁多之义。

③ 原文："结撰至思，兰芳假些"，王夫之云："结者，结其篇章，撰其词句。至思，极思也。兰芳假者，藻思中发，若兰蕙之芳相假借也。"至思应读作致思。兰芳假者，犹言兰芳假我以文章。朱熹训"假"为"大"，远之矣。

每一个人都竭尽自己的苦心想象，

·同心赋些。[①]

同样冀图以词赋来表达愿望。

·酎饮尽欢，

再举起酒杯来喝吧，尽兴欢乐吧，

·乐先故些！[②]

为了我们老朋友们的健康！

·魂兮归来，

灵魂啊！你回来吧……

·反故居些！”[③]

回到你原来居住的地方！”

① 原文：“人有所极，同心赋些”，王夫之云：“极，思所至也。人各尽其思之所至，相竞美也。谓酒阑分题作赋，以纪胜会也。”王萌云：“极，倾倒也。赋，赋诗。谓不歌而诵其所撰之词。《左传》‘赵武过郑，七子赋诗’是也。然作诗亦谓之赋。”（见《楚辞评注》）按王萌言“极”为倾倒，犹言倾倒之极致也。

② 原文：“乐先故些”，王逸云：“故，旧也。言饮酒作乐，尽己欢欣者，诚欲乐我先祖及与故旧人也。”五臣亦释先故为先祖及故旧。贺宽则谓：“先故，旧事也。犹陈婴之母曰‘汝家先故未曾贵’是也。”（见《饮骚》）其实贺宽的说法，应指先故为祖先。我们认为先故不必析为二事。先故犹言旧交。后汉梁冀谮李固所辟召，无非先旧是也。高步瀛说得好：“在坐之人，各以思致，发为歌诵，以相酬唱。如此则可以尽宾主之欢，而燕乐故旧矣。”绎文作老朋友者以此。

③ 巫阳招魂之辞，至此为止。

乱曰：[1]

尾声：

·**“献岁发春兮，**

“又进入了新的一年，大地洋溢着春光，

·**汩吾南征。**

我匆忙地奔向南方——

·**菉蘋齐叶兮，**

绿色的浮萍在水面上荡漾，

① 从这开始至结尾，全是乱辞。乱辞做那个被招的魂向巫阳所发的口气，但又不仅仅是对巫阳的说辞。据我看，这一节有些自说自道的神气——其实，这个被招的魂正是屈原的生魂；而招魂者巫阳也还是作为屈原灵魂的另一化身出现的。乱辞开首“献岁发春兮，汩吾南征”的吾字，显然是屈原自指，与《招魂》开篇“朕幼清以廉洁兮”的朕字所指者，乃一而二，二而一。开篇第一节是写实境，由自己“牵俗芜秽”，痛切地感到“遭殃愁苦”。这是屈原“魂魄离散”的原因。继而以巫阳出面招魂——无非是“外陈四方之恶，内崇楚国之美”。作为尾声的乱辞则虽是屈原自述，与开篇第一节遥相呼应，但所写乃是幻境。一直到“目极千里兮，伤春心”都是写吾（屈原生魂）所见。最末的一句结语“魂兮归来，哀江南”则又分明是那开篇朕（屈原）的呼声。细绎通篇章法奇谲，层次井然，妙不可言。

· **白芷生。**[1]

芳香的白芷也在萌芽生长。

· **路贯庐江兮，**

我的行程穿过了庐江，

· **左长薄。**[2]

朝南看，俱都是山林茂密的地方。

· **倚沼畦瀛兮，**

沿江两岸，但见数不尽的大小池沼和田庄……

① 原文："菉蘋齐叶兮，白芷生"，我看这个"菉"字与《离骚》中的"薋菉葹"的菉是两回事。闻一多云："案菉，王刍，陆生之草，不得与蘋齐叶。菉当读为绿。'菉蘋'与'白芷'对文。齐，列也(《淮南子，原道篇》高注)，列，布也(《广雅·释诂》)。'菉蘋齐叶'言蘋叶生而布列于水上也。唐写本《文选集注》引陆善经本菉正作绿。"蘋，水草，学名为 Hydrocharis asiatic，或谓学名 Marsiliaquadrifolia 者是。绎作浮萍，取其义近易晓。萍，学名 Spirodela polyhiza。白芷，又名泽芬，一名芳香，即茝，学名为 Conioselinum unvittatum。

② 原文："路贯庐江兮，左长薄"，王逸认为庐江、长薄皆是地名。疑"长薄"之薄犹《涉江》"死林薄兮"之薄，草木交错曰薄。陆士衡《挽歌》曰："按辔遵长薄"，本此。王夫之云："长薄，山林互望皆丛薄也。"是也。长薄，长草坡也。庐江，水名也。洪兴祖云："《前汉·地理志》：庐江出陵阳东南，北入江。"蒋骥云："自首讫尾谓之贯，曰贯者，自陵阳入庐江而达大江也。左，指江南言。浮江而西，则南为左矣。"蒋又云："庐江东际陵阳(按在今安徽石棣县东北)，西连鄂渚(按即今湖北武昌)，自陵阳达鄂渚至江湘梦泽，必首尾穿而过之，故曰贯。此可知贯庐江，即涉江乘鄂渚之行。"(详见《楚辞余论》)

· **遥望博**。①

放眼远望,渺无人烟,大地莽莽。

· **青骊结驷兮**,

忽然间,平原上有四匹大黑马拉着的猎车出现,

· **齐千乘**。②

上千乘这样的猎车齐头并进,黑压压的一片。

· **悬火延起兮**,

到了夜晚,高举着熊熊火把,在整个山林间蔓延,

· **玄颜蒸**。③

地上的火焰,照亮了黑暗的天。

· **步及骤处兮**,

徒步的兵士们与骏马争先,

---

① 原文:"倚沼畦瀛兮,遥望博",五臣云:"倚,立也。"按倚乃倚靠之倚,相连接之义。领下"沼畦瀛"三字。沼畦瀛应读作沼、畦,瀛。沼,池沼。畦,田区。瀛,楚人名池泽中曰瀛,犹北京人呼池泽为海(今北京有中南海、北海、什刹海类是)。博,广博。

② 原文:"青骊结驷兮,齐千乘。,青,纯也。黑色马曰骊。结,连结也。结四马为一连谓之一驷。齐,并驾也,亦有等量之义。

③ 原文:"悬火延起兮,玄颜烝",悬火,旧注多释为悬灯。蒋骥注:"杨用修云:即《周礼》所谓坟烛。盖焚田而田,所持以起火者。"据我看悬火即是爝火。后文有"朱明承夜"之语,此殆纪夜猎。玄颜,天容也。烝,火气上行也。

· **诱骋先**。①

他们作为导引，飞快地前进，在行列之前。

· **抑骛若通兮**，

控制住受惊的马，使它顺着路走，不要发颠，

· **引车右还**。②

然后，转过猎车的方位，朝向右边。

· **与王趋梦兮**，

追随着君王，前往云梦，

· **课后先**。③

① 原文："步及骤处兮，诱骋先"，朱熹云："步及骤处，步行而及骤马所至之处，言走之疾也。"夏大霖云："步，步卒也。"诱，导引。骋，驰骋。诱骋先，居马之先，而引导其所向也。

② 原文："抑骛若通兮，引车右还"，王逸云："抑，止也。骛，驰也。若，顺也。"五臣云："止驰骛者，使顺通猎事。"武延绪云："按通疑为迵（若作如解）。或曰道字（若训顺）。又疑逞（若训与）。又疑为涌，则抑当训噫矣。"

③ 原文："与王趋梦兮，课后先"，王逸云："梦，泽中也。楚人名泽中为梦中。《左氏传》曰：'鬬伯比与郧公之女，淫而生子，弃诸梦中。'"朱熹云："楚有云梦泽，方八九百里，跨江两岸。云在江北，今玉沙（按今湖北沔阳县东南）、监利（今监利县治）、景陵（今天门县治）等县是也；梦在江南，今公安（今湖北公安县东北）、石首（今石首县治）、建宁（今石首县东南）等县是也。"蒋骥云："今岳州、华容有巴丘湖，即古梦泽，在洞庭西。《风土记》云：夏秋水涨，则与洞庭为一。所谓湛湛江水也。盖自陵阳往辰溆，与自辰溆返长沙，皆所必由之境。"（见《余论》）课后先，王逸谓课第群臣，先至后至也。

看一看跟从的人们谁中用？

·君王亲发兮，

君王亲自射箭又挽弓，

·惮青兕。[①]

吓得那大野牛直发疯。

·朱明承夜兮，

白天、夜晚，夜晚、白天……

·时不可以淹。[②]

那永远不会停留的时间。

·皋兰被径兮，

长在水边的兰草，遮盖了这条路，

① 原文："惮青兕"，疑当作"青兕惮"，按惮从单声，与其上先、还、先叶韵。闻一多有此说，并谓惮读为殚，毙也。绎文训惮为惊惧之义。兕，《尔雅·释兽》云："兕似牛。"郭注："一角，青色，重千斤。"《左传》疏引刘欣期《交州记》云："兕出九德，有一角，角长三尺余，形如马鞭柄。"《国语·楚语》云："巴浦之犀、犛、兕、象，其可尽乎。"看来兕和犛（即经传中的牦牛）不是一种东西。倒是与犀近似。绎作大野牛，大概不算错。朱兰坡云："唐骁娥碑，魏仲兕所撰，仲兕或作仲犀。是兕通犀，即有犀音。犀之叶先，犹西之与先通也。"按"还"读作"旋"，今吴语"旋"可读作"夷"。然则兕与先、还、先也可通叶了。

② 原文："朱明承夜兮，时不可以淹"，朱明，日也。直绎应为昼以继夜，为表达时不可以淹的光景，故采取了这样的绎法。

清·门应兆作

君王亲发兮，惮青兕。

·斯路渐。[1]

这条路，也就开始使人瞧不见。

·湛湛江水兮，

碧油油的江水一个劲儿朝前淌，

·上有枫。[2]

岸上，枫树的枝叶在摇晃。

·目极千里兮，

用尽我的目光，向千里外眺望，

·伤春心。[3]

一春心事，真堪惆怅。

·魂兮归来，

灵魂啊！你回来吧……

① 原文："皋兰被径兮，斯路渐"，王逸云："皋，泽也。被，覆也。径，路也。渐，没也。"武延绪云："案斯路当为路斯。路，露之叚字。《诗》：'湛湛露斯。'渐，渍也，湿也。或曰：斯路读若蕲蕗，渐读若草木渐包之渐。"武说甚新颖，可资参考。惟王逸旧说，自可通解，绎文从之。

② 原文："湛湛江水兮，上有枫"，湛音沉，湛有深且满之义，湛湛，水行貌。枫，金缕梅科，落叶乔木，干高二三丈，叶掌状三裂，缘边有细锯齿，入秋变红色，甚美。学名 Liquidamber formosana。

③ 原文："伤春心"，王逸云："或曰荡春心。"闻一多以为作荡最是，谓摇荡春心也。按此乃抒千里魂飞、极目伤怀。不必从别本改字也。

· **哀江南。**”①

江南这地方，使人留恋，也使人哀伤。”

1947年12月待旦之夜初稿于上海

1962年4月22日改定于北京

① 原文：“哀江南”，闻一多以此“哀”字读为依，言归依江南而居也（说详《楚辞校补》）。按古爱、哀二字可通谊。《礼记》注爱或为哀，并读作衣。无论爱或哀，皆寓留恋不舍之意。惟其留恋，所以愈为可哀。绎文兼顾此二者。蒋骥则谓哀江为地名，其说云：“哀江，在今湘阴县。有大哀、小哀二洲。旧传舜南征，二妃从之不及，哭于此，故名。斯路已渐，江枫弥望……回首春时，伤心欲绝……亦惟往哀江之南以誓死而已。言此以见巫阳所招皆虚语也。”这自然也讲得通，只是太拘泥些。但是所谓“言此以见巫阳所招皆虚语也”的结论，却不免有些可笑。对家国一往情深的屈原，出语洋溢着一片精诚，哪里会像坐在书斋里的老先生一样，以干些文字游戏来调侃别人为满足呢？

附录一

拙著《屈原招魂今绎》初刊于1962年《文史》第一辑。主编者从纯学术角度征印出稿本，特别重视有关校勘、训诂的注文，认为这是研究屈赋的精髓所在，因此请求改题为《屈原招魂注释》。印单行本时，复旧题。

“绎”并非“译”。这用心沈尹默先生最为理解，他为我的《屈原离骚今绎》一书前题词《减字木兰花》，有句云：“争比灵均，文彩昭然历劫新。”他肯定窥知我的奢望所在。钱默存（钟书）先生曩年赠诗颔联云：“非陌非阡非道路，亦狂亦侠亦温文”，指的不单是我的治学方法。又，《屈原招魂今绎》初刊前曾荷默存、季康伉俪校读并正谬，其情不可忘。

我是希望连训诂文字也应蕴藏着文彩和情韵，如果所考释的对象是诗歌的话——特别是屈原的诗。也许这是我的偏见和妄想罢。

我认为《招魂》不仅从“语言艺术”或“美学”的角度值得过细研究，抑且，我们由此可以上窥两千多年前，南中国的物质文明已经发展到何等高度？诗人的形象思维不可能不植根于现实的经济生活。那么，作为用唯物史观求索先秦思想史的朋友们，就不能不对这首用诗歌语言进行构图的鸿篇巨制给以必要的重视了。

1982年9月，怀沙识于北京东郊

（原《屈原〈招魂〉今绎》自序）

附录二

深度的契合——胡耀邦《致文怀沙先生》赏析

邵盈午

骚作开新面，久仰先生名。去岁馈珠玉，始悟神交深。君自九嶷出，有如九嶷云。明知楚水阔，苦寻屈子魂。不谙燕塞险，卓立傲苍冥。闭户惊叶落，心悲秋早零。心悲不是畏天寒，寒极翻作艳阳春。艳阳之下种桃李，桃李芬芳春复春。哲人晓畅沧桑变，一番变化一番新。如今桃李千千万，春蕾一绽更精神。

——胡耀邦:《致文怀沙先生》

一首上乘酬答诗的完成，端赖于创作主体与酬答对象之间的深刻契合。但创作者一旦借助意象符号，将这种“契合”关系凝定化，抽象为一种将情感由隐结构上升为显结构的复杂形式时，由于维系原初语境与语义联系的那种关系的消解，读者已很难通过创作者所建构的文本去“得秉笔人之本意”。鉴于此，现代诗学在阅读策略上，并不一味看重传统诗学对诗歌文本与作者关系的偏执，而更强调读者的诠释权力与体验自由——这当然不无道理。但也应看到“背景批评”作为中国文学批评的一种基本方法，一直盛行不衰，顽强地延宕着这一传统——此乃中国文学的创作与批评的大背景所决定的。诚然，有些诗歌并不需要背景支撑，本身就拥有完足的意义，但这并不能一概而论，倘若将这一首容涵着“背景”的诗粗率地视为“纯诗”，全然不虑及诗歌以外的什么，难免会有郢书燕说之虞。尤其像《致文怀沙先生》这首诗，发话者（胡耀邦）与受话者（文怀沙）之间都有着大体相近的文化对应关系，有着相同的心理背景，用俄国雅克森的话说，即双方都掌握着相当的一致的语言符码，因此，彼此才能够“相视一笑，莫逆于心”，其相通的一点灵犀正在于这种微妙的领悟。基于此，笔者在赏析中，考虑到“本事无注是使读者昧而不知”，在行文中将尽其所知地对诗中关涉的“本事”予以补充，但愿这种“辅助性读解”能有助于读者理解诗旨，并多少避免“现时的理解”偏离“当时的真实”。

首句以“开新面”三字，高度肯定了作为楚辞专家的文怀沙先生在学术上的突出建树，“久仰”二字，极言向慕之深。需要说明的是“骚作”句并非胡公自铸之词，其中还隐涵着一段鲜为人知的“本事”——

1959年，沈尹默将工楷手书的100首词作面呈毛泽东，作为国庆十周年的献礼，毛泽东翻阅后，大加赞赏，晚上在中南海设便宴招待沈尹默。席间，毛泽东问道：“你这十年来怎么这样凑巧，正好写了一百首呢？”沈尹默答道：“是啊，奇怪，我一数，不多不少，正好一百首。”毛泽东听后，摆了摆手，纠正道：“不对，我看你至少写了一百零一首。”“你给文怀沙《屈原〈离骚〉今绎》题过一首词，叫‘剪字木兰花’，而且不是铅字排的，是你手写制版的，这不会假吧？”说得沈尹默大笑起来。接着，毛泽东便把话题转入《屈原〈离骚〉今绎》上来，指出郭沫若的《〈离骚〉今译》是翻译，而文怀沙却是“抽绎”，只把训诂作为手段，撇开了繁琐的考证，简洁明了，文采斐然，新面为开，就学术质量而言，文“绎”尤胜于郭译。——所谓“骚作开新面”，即本乎此，胡公援“今典”也。

所谓“馈珠玉”，是指1987年，胡耀邦辞去总书记职位后，文怀沙先生从陆游集中采撷出寄赠朱熹的句子（“民望甚饥渴，公行胡滞留”）赠与胡耀邦。事实上，这一联较之陆赠朱诗更微妙合体。自撰一联不难，借“尸”还魂不易。这是因为文字腠理间有一种因人而殊的气韵，如借尸还魂可行，“魂”也会相应起变化，它必要求与新借之“尸”合二为一，故尔已非复“旧魂”了；而接受另一新“魂”之“尸”也会以相应的理由而改变质性，非复“旧尸”了。说到究竟，善化往往胜于善创，因善化者在“化”的过程中会点铁成金，化腐朽为神奇，并赋予古人成句以新的灵气，新的生命。——句中的“胡”字，一语双关，既暗指胡公，又寓有“为何”的询问语气。“滞留”一词，则源自屈原《离骚》结句：“陟升皇之赫戏兮，忽临睨夫旧乡，仆夫悲余马怀兮，蜷局顾而不行”，生动地刻画出胡耀邦对祖国人民的无限眷恋及“忍而不能舍也”的真实心态，情致幽婉，意蕴丰赡，无怪乎胡耀邦会从这包孕万觥深情的“珠玉”中“始悟神交深”——这无疑是一种深层的心灵契合。

以下16句，作者从各个层面入手，若有夙契地表达了对文怀沙先生的独到解会。

“君自九嶷出，有如九嶷云”，“九嶷”，在此代指文怀沙先生的出生地——湖南。全句意谓文先生生于钟灵毓秀的湖南，就像九嶷山上的白云一样超逸、高洁。接下来，作者又以高度浓缩的十个字对文怀沙惯蹈风霆无怨无悔的一生作了诗意的概括，一个“明”字和“苦”字，准确勾画出文怀沙作为哲人的睿智和殉道者“虽九死其犹未悔”的执著。这一笔无疑是全诗情思的生发点，寄慨遥深，警策有力，足以统摄下文。

自“不谙”句始，作者采用了过去时态的叙述方式，突出了文怀沙“苦寻”的艰难历程。九、十两句，亦有“本事”可寻。如所周知，毛泽东诗词发表后，注家蜂起，赞誉之声不绝于耳，“文革”期间更是达到鼎盛。而邃于此道的文怀沙先生，在欣赏之余，竟无所顾忌地指出毛泽东诗词中的瑕疵，如《七律，长征》中：“金沙水拍”原为“浪拍”，因与“腾细浪”之“浪”字重复，故改作“水”，而这又不得不与“万水千山”句中“水”字重复了。更显眼的是首句“红军”与末句的“三军”，两个“军”字在同一位置，此乃诗家之大忌。再如对《鸟儿问答，念奴娇》词中的“不须放屁”一词，文怀沙指出：“这就是‘略输文采’，就是败笔！”此外，文怀沙还指出毛泽东《我的一张大字报》中的“深醒”的“醒”为“省”字之误。在那“一句顶一万句”的狂热崇拜年代，知识分子早已无可逃遁地被钉在极左“政治”之上，圆滑世故者避之唯恐不及，而文怀沙却“不谙燕塞险”，公然给毛泽东“挑错”，这不啻授人以柄，难免遭受缧绁之苦。

如果说，九、十两句道出了文怀沙个性的率真、耿正，那么，“闭户”句则曲透出文怀沙坎坷的遭际和敏锐的政治预见。从结构上看，这一种蓄势的笔墨，与后面的“晓畅沧桑变”遥相呼应。为了探明诗旨，我们不妨还是回到诗中关涉的“本事”上来。

20世纪五十年代初，文怀沙缘于个人的家庭变故，写下四首“无题诗”。1957年，陈企霞到梅山水库体验生活，颇感苦闷，文怀沙遂驰函予以安慰，并附上四首无题诗，后来，丁玲、陈企霞被打成“丁、陈反党集团”的头子，文怀沙寄去的信和诗竟成为反党的证据。1964年秋，文怀沙写下了“莫嗟身世同一叶，摇落能先天下秋”的诗句，以寄如捣的忧心；全诗意谓自己不过是“报秋”的一片叶子，更大的政治灾难将要来临。果然，时隔一年，便开始了大打“三家村”运动，接着便是史无前例的文化大革命，所谓“闭户惊叶落”，盖指此也。

从“心悲”句开始，全诗由五言转为七言，在时空关系上则由历史过渡到现实，全诗的抒情力度也进一步加强。需要着重指出的是：胡耀邦并未沿用以往评价文怀沙先生时出现频率极高的“骚人”，而是极具慧眼地将其视为“哲人”——一位“晓畅沧桑变”的“哲人”，这一句无疑是全诗的精魂所在，与前面的铺叙部分遥相呼应，相得益彰。正是这种“晓畅沧桑变”的哲学意识，构成了接通个体与整体、有限与无限的中介；生命个体的忧患与痛苦，作为一个既出现又消逝的环节虽被扬弃和超越了，但却由此获得一种卓然的气度、自由的心灵和超现实的本质力量，本乎此，文怀沙不畏“天寒”，并能在“寒极”之时展望到随之而来的“艳阳”之“春”；总之，他坚信历史会在无数惨厉的冲突中完成它乐观的进展（“一番变化一番新”）。至于横贯于文怀沙一生中的“明知……苦寻”精神，也正可在这一层面上得到归结和提升。

在全诗的收煞处，作者又宕开一笔，由远及近，直接对青年一代（“桃李”）进行热情的礼赞。这一笔，进一步强化了文怀沙先生的“哲人”形象，也大大拓深了全诗的意境。在作者看来，青年，象征着新生的活力，象征着世界的希望和人类的未来。在生生不息的历史文化长河中，人类往昔的理性星光已划破一片片夜幕，启迪着新的一代去探索更远更深的未知星座。作为生命个体，任何人的存在都是有限的，但人类的“苦寻”精神和创造激情，却能够在由新一代所继承的薪尽火传的伟大事业中得到永生。——这是人间最晓畅的哲理，也是一个坚信“一番变化一番新”的“哲人”最高逸的幸福！全诗就以“一绽”的“春蕾”这样一个具有深远的象征意蕴的意象作结，充分表达了诗作者对文怀沙先生独到而又深刻的理解。

从创作主体的角度看，这种理解乃缘发于创作者与抒写对象之间在灵魂层面的深刻契合；双方相互渗透，相互融通，相互映衬，各自以对方的深度和强度而焕发出自身的深度和强度；这种契合一经产生，便有如金石撞击，必将迸发出煞为壮观的炫目光彩。

从诗艺上看，胡公这首精心结撰的诗作亦颇有可揣摩与借鉴之处。

一、全诗结贯着一种宛若老友啜茗谈心、互通款曲的亲和深挚的语调，并氤氲着一种由这种语调所生发的感情氛围。瑞恰慈曾经指出，一个句子常能在“意思、情感、语调、用意”四个方面表现出它的意义。作为一种具有特殊表义功能的诗歌语言，“语调”并非只是表达“意思”和“情感”的辅助手段，它往往比“意思”更容易诱导读者进入“抒情的出色状态”，并强化着全诗的整体效果。

二、造语自然平朴，活脱流动，似脱口吟得，浑然天成，绝无冥搜苦索之迹，拮据险怪之态，亦不以鞶帨为工，刊落一切陈言套语，但细细涵咏，自有一种一气贯注，自成氛围的语感，尤其是“顶真格”(即上句末几字作为下句的开头，如第 12 至 16 句)的妙用，使语脉连属紧凑有力而又流动畅达。抑扬顿挫的节奏，蝉联不绝的语势，都平添了全诗那种明快晓畅、风华宕逸的韵致。

三、在叙述方式上，通篇以过去时态的追述为主，但末句又呈现为现在时的陈述，这种历时性结构，从总体上打破了“一律”的板滞格局。同时，在“一番变化一番新”的强烈哲学意识的笼盖下，这种历时性结构必然产生强大的情感效应和思想力度。

四、善用“今典”。从用今典的方式来看，第一摒弃了简单的替代性而注意到词汇的内蕴容量与张力。第二是突出“今典”的表情性，审慎地撷取那些最能显示抒写对象的性格特点和蕴含重大历史意义的故事。使那些陈述性的句子变得具有强烈的表情意味。第三是运用“今典”营造出一种浓郁的抒情气氛和深邃意境;或者说,强化一种整体效果,这样,“今典”作为具有特殊表意功能的诗歌语言,非但不“无益于诗”,而且成为一种能使诗歌情致更加曲折幽深、想象空间更加深远的有效语言策略,一种借以传达那些逻辑语言难以曲尽其幽的深微感情的沟通媒介。

五、这首诗之所以具有如此强烈的诗情感染力和思想启示力,还在于作者善于将诗歌哲理化,或者说将哲理诗化。全诗的理念色彩虽较浓,但并未流于论宗,端赖于这两种质性的巧妙结合。总之,《致文怀沙先生》这首诗之所以骚韵逼人、风调独绝,我认为妙就妙在务以称其心之所欲言,而以唱叹出之,以天籁出之。

真正的巨制活在时间的深度里。我坚信,流芳万古的胡耀邦,即以这首必传之作,也定将永垂诗史!